七个不算太暗的夜晚

熊德启——著

北京时代华文书局

序

多年前，我在电视台工作，出差去南方县城。

入夜的国道一片漆黑，本在车上昏睡的我被一束微光唤醒。

是国道边的水站，那种给大货车加水降温的地方。门口挂着牌子，一面写着“加水”，一面写着“卖麻鸭”，在风里来回摇摆。空地上坐着一个赤膊的男孩，抱着一盏台灯，在看一本书。

身为写作者，我问自己：他在看什么样的故事？

如果能回答这个问题，或许意味着某种畅销的密码——当时我是这么认为的。

那个男孩曾无数次出现在我因为写作不顺而焦虑烦躁的脑海里。他到底爱看什么呢？他到底会因为什么而感动？我写的这些东西他会喜欢吗？至今没有答案。

于是我对自己提出另一个问题：他有什么样的故事？

这个问题最后变成了一篇小说，叫《诗的证言》，也收录在这本小说集里。

这或许是他的故事，或许是我的故事，或许也是你的故事。

说到底，我们都需要故事。

故事里有发着光的生命，可以点亮那些过于黑暗的夜晚。

熊德启　2021年春

目　录

江城子……………………………………………………001
诗的证言…………………………………………………035
镜中鹅……………………………………………………069
没有光的房间……………………………………………093
铁蛋………………………………………………………121
月亮成熟时………………………………………………163
听见猫声…………………………………………………203

江城子

无梦的一夜，醒来万事如常。王常友决定去杀一个人。

如果王常友有个足够亲密的人可以分享这件事，那人或许会对他说：你精神有问题吧？

但他没有了。

作案工具已经选好，那把平时用来削莴笋的菜刀，刀头拐弯，能吃得上劲儿。姿势也选好了，从侧颈砍下去，利刃入肉，斜着一拉，肯定活不了。

后续也有了安排，刀找个鱼塘扔掉，趁着事情没败露的时候赶紧坐车回老家。等回到小县城，再想个办法把自己搞死。倒也算是个计划，就是“想个办法把自己搞死”这最后一步有些模糊。说来也好笑，杀别人的思路还挺清晰，杀自己反而没什么想法。

服毒不可靠，王常友见过喝敌敌畏被救回来的人，那真是生不如死。而且退一万步说，现在这世道，敌敌畏也不知道是不是假货，万一吃错了药，人没死成还进了医院，连住院费都结不起。跳楼是个选项，可惜老家的县城里一片荒芜，别说高楼，完整的楼也没剩几栋。找个矮地方跳下来万一不小心再残了一条腿，以后连楼都上不去了。

妈的，还是读书读少了，没文化，连自杀的办法都如此匮乏。

菜刀别在腰后的皮带上，穿上衣兜最多的一件外套，揣上身份证、烟、打火机，抓了一把火腿肠和散碎的纸钞，喝下一大碗水，出门。

王常友现在只剩下一个问题：杀谁呢？

“老王！出门啦？我今天要晚上才上班哈！”

这是一个四十来岁的男人，叫金老二，在街对面二楼的公共阳台上远远地对王常友喊着。这县城虽不大，但王常友并没什么说得上话的人，金老二算一个。王常友抬起眼皮和他打了个哈哈，撩起左边的裤腿给他看了看。

“哎哟！今天不开张啊？那你过来打牌嘛！缺几块钱烟钱，等你凑起！”金老二叼着根烟露出一脸痞笑，向王常友招手。

“呸！”王常友一口浓痰喷射出去。

王常友不是武侠小说里吐枣核杀人的怪胎，这一口痰只是他与世界相处的方式。痰自然是喷不到金老二的身上，落在了马路中央，日光照射下还有些亮眼，全然不似浑浊的污秽，倒像是谁遗落的硬币，一辆车碾过去，终于汇入烂泥。也不再理仍在叫嚣的金老二，王常友径直往前走，摇摇晃晃的样子像只企鹅。走了几步，举起右手，遥远地朝金老二竖起一根中指。

“要不然我输你点儿？拿去较个头！看你一副鬼样子，吓死个人！”金老二还在嘟囔着。

王常友一边走一边想：金老二这个人，杀不杀？

也不知想了些什么，最后决定，算了。随后又想：为什么算了？是不是因为金老二这个人虽然嘴碎，但其实对自己还算过得去，不是个坏人？可是放眼望去，这街上来来往往的，谁又是个坏人呢？

这到底算不算是个理由？王常友不知道。

金老二一根烟还没抽完，怎么也想不到，笑骂之间，自己已经去鬼门关敲过一次门。

王常友住的地方离高速公路的出口不远，出口的收费站下面是个陡坡，下坡就是个急弯，虽然好几处都装了凸面镜，也拦不住意外时常发生。

这些意外里，一小半都和王常友有关。

王常友的左腿从大腿根以下全没了，装了支假肢。也正是这假肢，赋予了他和其他碰瓷者不一样的竞争力。

普通的碰瓷，最难的是伤情鉴定，往往都说自己被撞出了内伤，但内伤这个事情太主观，可大可小，总是扯皮。而如果像王常友一样有假肢加持就不同了，假肢这东西很明确，坏了就是坏了，裤腿一拉，一眼就能看出来。清晰，毫无争议，明码实价。

当然，王常友有两支假肢，平日生活里用好的那支，“做生意”的时候，直接戴那支坏掉的。起初还真伤到过自己，后来稍微注意点姿势，摔得漂亮，起来后裤腿一拉，直接要钱。

本地车王常友坚决不碰，只找外地车，因为这毕竟是个长久生意，外地车一般都是过客，在本地毫无根系，撞了就认栽，不至于回来找碴儿。撞完了从地上起来，先热情地表示自己人没事，叫对方别担心，司机往往在此刻就放松了警惕。然后再假装要走，再次摔倒，直到这时候王常友才亮出其实本就损坏的假肢。

司机一看，完蛋，认栽。

这时候就要学会看车要价，一两百，四五百，七八百，要是遇上个穿一身好牌子又慌慌张张的菜鸟，能要到一千。

王常友的日子虽不富裕，但好在过得轻松，生意好的时候也能抽上一包十九块的黄鹤楼，喝上一壶精装二锅头。

这样的好日子，王常友今天不过了。杀人去。

王常友想杀人很久了，他只是一直想不好杀完了人该怎么办，以及到底要杀谁。

从很多年前见到自己的整条左腿被横摆在面前的那一天开始，王常友在这世上就成了一个彻底的局外人。他一早就知道，也慢慢接受了这个事实——这世界没有他也一样歌舞升平，没有他也一样残忍无情，他王常友已经影响不了这世界的一分一毫。如今就连杀人，似乎也找不到一个合适的缝隙下刀，杀不进这被一道透明结界严丝合缝地遮罩起来的世界。

那就随便杀吧，总之是要杀一个。

按城里人的话说，王常友属于“移动办公”，没事的时候就到处转悠。杀人地点他已经盘算了很久：一处偏僻的桥洞，二三十米的长度，没有灯，没有监控。

下午的阳光斜斜地把桥洞两端划出了两道黑白分明的界限，好像迈出一步，就要从日光踏入深渊。王常友猥琐地蹲在暗处，丝毫没有杀手的气质，活脱脱像个乞丐，要讨一条命。

等，是王常友擅长的事情。他享受这样的感觉——不过是一次简单的相逢，对方的生活就因此发生改变。虽然这改变大多时候也就是几百块的事情，但这种对他人命运的主宰、这种自己去选择的感觉、这种自己有选择的感觉，让他上瘾。

一根烟抽完，撩起裤腿，把假肢和鞋子缝隙里的烟灰吹干净，就好像平时一样。也不知道会是哪个瓜娃子今天选择了这条死路，王常友暗暗想着。可惜直到天光散尽，桥洞以外的世界也被划入黑暗，烟抽完了，火腿肠也吃完了，王常友还是没等来他要杀的人。

或许是他选的这个地方太偏了，几个小时里只有一辆汽车从这里疾驰而过，车速太快了，像王常友这样的“专业人士”也来不及反应，甚至都没看清楚是哪个品牌。其实就算反应过来了也无济于事，人在车里，在钢筋铁皮之中，凭王常友一把削莴笋的菜刀，凭王常友一双残了一半的腿，刺不穿，追不到，杀不成。

热闹的地方人多，但王常友不敢去，因为跑不掉。那些地方都是红尘，他觉得自己杀不了红尘，反而红尘会杀了他。

不行，王常友心想，如果再遇上一辆车，还需要把人从车里搞出来，才好杀。

再一想，这事情简单啊，本行！

没了烟，等待也焦躁起来，又过去一个多小时才远远地看见一辆车过来，王常友终于打起了精神，右手摸着腰间的刀柄，像在盘玩着一块木头。

车虽尚远，但这车灯一看就知道是乡下最常见的小面包车，锈掉的铁皮“哐啷哐啷”地响着，昭示着车主多半不是一个有钱人。好在王常友最终的目的也不是碰瓷，有钱没钱也不在意了。或许没钱还更好一点，没钱就没那么重要。

入夜以后，人在暗处，车却在明处。

这样的情况下，碰瓷是个技术活，因为司机的视野并不开阔，车速也快，一不留神就容易真的把自己撞死。王常友是有打算去死，但毕竟壮志未酬，至少也是“弱志未酬”，身还得留着。

菜刀挪到了腰前，刀面横向前方来反射灯光，算是警示，同时需要在车子离自己尚有一段距离的时候提前发出尖锐的哀号，给足司机刹车的空间。

其实还有一个疑问：万一这车里不止一个人怎么办？但王常友杀心沸腾，也管不了那么多了。

沉默的夜晚，这世上一定有谁并不知道自己的死期将至，但这人到底是谁？

车进桥洞，王常友从面包车的右前方斜杀出来，一边哀号着一边随时准备隐蔽地躲闪。但那车就好像看不到他一般，迟疑了几个瞬间才做出反应，刹车踩晚了，急转方向，一头扎向了桥洞一侧的墙壁。王常友被扎实地撞飞了几米远，身体的疼痛让肾上腺素喷涌而出，全身的血液都涌上头来，满脸通红。

正欲起身拔刀，忽然间胯下一空，肾上腺素骤然退潮。面朝泥泞，王常友意识到，自己唯一一条完好的假肢，断了。

“喂！大哥！”

一个女人的声音传来，是那种惊慌的、足以让王常友讹掉全部现金的声音。那声音并不年轻，有些沉闷，缓缓地移动着，从脚步声听起来，只有她一个人。

“大哥！发个声音撒！”王常友感到一根竹竿一样的东西在戳自己的屁股。

他继续沉默着，此刻唯有装死，等猎物自己靠近。如果这个女人就这么走掉，他王常友凭着一条单腿杀不了任何人，除了自己。

一头无腿的猎豹静卧在地，等最后的机会。一切声音都消失了，只剩撞上墙的那辆车还发出笨重的喘息，以及那根竹竿一样的东西依然在时不时戳着王常友的身体。也不知过了多久，王常友身边的空气热了起来，一双手搭上了他的左臂，这一瞬间几乎让王常友全身过电，那手的力量轻柔而坚定，像一个……像一个女人。

王常友的身体被翻了过来，他用尽力气做着最缓慢的呼吸，紧闭着双眼，不留一丝余光。

王常友知道这个女人大概正在端详着他，大概也发现了他的假肢，她会怎么看待这样一个好像将死未死的自己？如果她近身过来，又该用怎样的力道和姿势，把刀插进她的侧颈？

王常友的大脑飞速运转，一阵暖意缓缓靠近，她来了。

那女人把耳朵靠在了王常友的胸膛之上，剧烈跳动的心脏迟早无法遮掩，王常友闭着双眼也明白，她的脖颈就在眼前，要杀，便是现在。

可他动不了，本该涌向右手的血液，涌向了别的地方。

在时间的缝隙里，王常友闻到了一股气息，一股熟悉又已经陌生的气息。那气息混杂着汗液、谨慎与恐惧，重要的是，这气息来自一个女人。汗液、谨慎、恐惧，都沾染着女人的味道。一缕头发轻扫过他的鼻尖，是久违的触感。

王常友已经十年没碰过女人，这一刻，是他十年来第一次离一个女人这么近。应该在这个瞬间杀死她，但他没有，他要把这个瞬间用来享受。他的身体告诉他，哪怕只是一瞬，再多一瞬，也好。

闭着眼，王常友意识到，自己的下身有了反应。

他上一次因为一个女人硬起来是什么时候？那个本该收了钱为他服务的村妇脸上露出隐藏不住的笑容。那笑容足够复杂，复杂到难以辨认真假；含义又足够简单，简单到只是一个笑容便让他软了下去。

那一刻的羞愧与愤怒烙印在王常友的心里，从此再也没找过女人。

这些暴戾的情绪深埋多年，王常友睁开双眼，全身残存的肌肉猛然发力，左手一撑，右手拔出菜刀，腾闪出空间就要挥下。那女人惊呼一声，弹起身来转过了头。王常友高举右手，紧握菜刀，幻想过一遍又一遍的场景就在眼前，他几乎已经看见了一个等待被刀锋割裂的脖颈，那一刀几乎已经要触碰到她温软的肉体，距离脆弱的大动脉不过几寸的距离，只要再进去一点，一划，血流喷薄，就可一了夙愿。

一声尖叫。

王常友发出了一声刺破夜空的、充满恐惧的尖叫。

他全身的力量从手臂回流到腰腹，瞬间把自己的身体向后弹出了一米远。刀也掉落在地，冷汗如雨，看着这个女人的脸，王常友惊惶无措。

魔鬼，这是一张魔鬼的脸。

那女人的脸上布满了凹凸的沟壑，皮肉模糊，右眼被一团肉泥填塞，鼻子与嘴巴的边界也模糊不清，只有左眼还转动着——仿佛这一整张脸全部都坏死了，唯有这一只眼球是活着的，这只眼球正在惊恐地看着王常友。

“赔……赔钱！”王常友几乎是基于本能地、颤抖地开了口。

下一秒，他高高地拉起了自己的裤管，露出了摔坏的假肢。这是一套完整的动作，但王常友忽然意识到，在这样的一张脸面前，自己的假肢显然已经丧失了原本的功效。

“赔钱？赔个卵！”

那女人的声音和姿态全然不似刚才把手搭在王常友肩膀上的温柔，忽然野蛮起来。她撑着一把破旧的长柄雨伞，举起雨伞指着远处撞在墙上的面包车，车的后备厢也弹开了，散落了一地彩色的条形盒子。

王常友仔细一看，全是整条的烟，有些被碾烂了，有些泡在路边的污水里。雨伞的伞头被那女人转了过来，指向王常友。

“你，咋说？我赔你？赔你个卵！你赔我！”

那女人的脸本就狰狞，盛怒之下更显恐怖。王常友碰瓷多年，叫别人赔钱轻车熟路，这一刻角色调转了过来，忽然语塞，恼羞成怒。

“看到没有！老子的腿！赔你妈的个脚！”

王常友终于也在窘境中爆发出了凤人的怒火，他拆下断掉的假肢举了起来，一只破旧的鞋还穿在那假肢的末端，和那女人的雨伞针锋相对。

“你瘸个腿了不起？你还想砍我？你砍撒！砍撒！”

那女人把落在地上的菜刀踢到了一边，举着雨伞不断地猛戳王常友的胸口。王常友本就瘦弱，肋骨阵阵刺痛，想反击却又无法起身，胡乱地躲闪着。那女人的个子本来不高，只因为王常友躺倒在地上毫无招架之力，让她显得勇壮无比，像个主宰者。

王常友狼狈地退避着，手里唯一的武器还是自己那只毫无杀伤力的假腿。这一份窝囊好似他半生的写照，让他本就模糊的思绪被挤压到了最细小而黑暗的空间里。他放下假肢，任凭其翻滚到一旁，捡起地上的菜刀，没有一丝的思考与犹豫，便要往自己的喉头插去。

“算球！”

王常友在心里呐喊着。

“咔”，一把伞挡在了王常友的肩颈之间，那伞往上一挑，王常友的菜刀脱手飞出。杀人杀了半天杀成了这副狗样子，最后连自己都杀不了，王常友终于失了魂一般地躺倒在地，放弃了一切的挣扎。

那女人显然也很意外，她的嘴巴和鼻子已经几乎粘连在一起，能张开的缝隙并不大，那道缝隙里传来粗重的喘息声，她呆呆地看着王常友。

王常友爬向墙边，靠着墙面坐了下来，把左腿空空的裤管卷在腰间，疲倦地看着眼前的女人。这时他才发现，那女人的头发歪了，那是一顶假发，假发之下头顶的皮肤和她的脸一样泥泞，让人不寒而栗。原来，刚才撩拨自己鼻尖的那一缕头发，是假的。

那女人似乎也耗尽了精力，退后几步，拉开面包车的车门，坐在了车阶上。从地上捡起一包散开的烟，抽出一根来，小心地插进脸上不大的缝隙里，摸出个打火机来点上。含着烟，她抬起自己仅存的一只眼睛看着王常友，她知道自己这诡异的样子在王常友的眼里就像个怪物，却也只是笑了笑，不在意了。

当然，王常友看不出来她笑了，她的脸根本就动不了。

“喂！婆娘，驾照拿出来看一下！”平静了一阵子，王常友回到了自己的轨道上。

王常友心想，你一个独眼怪怎么可能有驾照？果然，那女人只是看着他，一言不发。那根烟还在脸上的缝隙里缓缓燃烧着，像一炷香。

“我跟你好生说，问你有没得驾照？！”王常友自觉占理，咄咄逼人。

那女人一直沉默，王常友知道这是自己的机会，悄悄摸出手机发送了一条信息。这条信息是发给交警的，但并不是什么报警平台，而是发给了一个交警的私人手机。

“有种你不要走！”王常友愤愤地说。

王常友之所以报警，并非要寻求公正，恰好相反，大概是想寻求不公。

因为今天执勤的交警，他认识。

在王常友的碰瓷生涯里，也偶尔会遇上固执的人。这种人软硬不吃、油盐不进，一定要叫交警，一定要看监控。王常友也不怕，因为在交警队里有人，金老二。

金老二的宿舍在王常友住所的街对面，每天早上金老二都告诉王常友自己是否值班；王常友则裤腿一撩，金老二一看假肢的好坏便知道王常友今日是否开张。王常友和金老二的合作很简单，金老二要做的事情就是只给司机看王常友走上马路之后的监控，一切有理有据。至于隐藏在路边草丛里等待的部分，及时删掉。王常友定期给金老二一些“分红”，大家就这样彼此心照不宣，各自方便。

金老二认识王常友很多年了，背地里依然叫他“王老瓷”。王常友于他来说，或许只是可怜他残了，顺手当个好人，有点烟抽，有点酒喝。实在觉得苦闷的时候，想想自己还在“助残”，也觉得良心可安。可对于王常友来说，到了这样一个诡异的夜晚，想起金老二，他感到一丝久违的安全。

如果起初还有些模糊，现在他是真的确定了，金老二不能杀。

金老二的摩托车从远处驶来，那女人的左眼警觉起来，看向王常友。王常友赶紧闪开了自己的眼神，因为他感到自己比对方多一只眼，因此更容易被看穿。

“哎哟！搞啥子搞！你们这个属于事故了哈！来说一下情况，我来定还是你们私了？”

金老二从远处的黑暗里走来，近身看见坐在地上的王常友，侧过身来向他眨了下眼睛。谁知一转身和那女人正面相对，金老二的脸色变了，整个人都散发出反常的气息。王常友暗暗发笑，心想，终于也轮到你被这样的一张脸给吓到了。

"菲……菲菲？"金老二看着那女人愣了几秒，嘴里蹦出这么一个名字。

那女人似乎叫作"菲菲"，她的左眼在发现这个交警是金老二之后闪过一丝意外的神色，随即又迅速恢复了平静。

"哦，是你啊。"她说。

王常友对于这样的情况毫无准备，张大了嘴巴，却说不出一句话。菲菲终于站了起来，向金老二指了指撞到墙边的车和散落在地上的烟，又扔给他一支。

"情况就是这个情况，不是我的问题，这个哈批（方言，傻瓜、笨蛋）自己找死，搞成这样。"

她又拿脚拨弄过来那把王常友的菜刀，金属在地面划过，发出刺耳的噪音。

"看到没有，他的刀，他还想砍我，你——"

她忽然发现金老二正一脸愁容地望着王常友，王常友也惊讶地望着他们。

"你们两个，认得到？"

金老二也不回答，叼着烟屁股坐在路边，点起来深深吸上一口，随即长叹了一口气。

“不要说话，让我想一下。”

王常友和菲菲对视了一眼，都搞不清对方和金老二的底细，又不约而同地望向金老二，希望他能说些什么。

“那个……介绍一下，这个是老王，这个是菲菲，都是朋友……都是熟人哈。”金老二的声音变小了，语气倒还是一股子江湖味儿。

王常友心里纳闷儿，菲菲这副模样，和金老二肯定不是男女朋友关系，但自己与金老二也算熟悉，怎么就不知道他的生活里还有这么一个怪物?

“既然都是熟人，我就直说了。今天这个事情必须私了，没有余地。”金老二似乎是理清了思路，算是有了些主事人的样子。见王常友和菲菲想要说些什么，举起手指，示意他们闭嘴。

“不要闹，不要跟我翘勾子，你们两个我都晓得，都上不到台面。这件事情听我的，就这样算了。”

金老二大手一挥，颇有些领导风范，这是他跟他们队长学的。

“算了？算个卵！”

菲菲忽然起身，狰狞的脸上布满了红色的血丝，显然情绪已经到达了极限。

“金达超，老子忍不到你！八年了，老子都入坟八年了！给了你多少钱？给了碗碗多少钱？最后在你这里就是个‘熟人’？还‘上不到台面’？你晓得我这一车烟要赔多少钱不？我还以为你好歹帮到我一点，结果你就一句‘算了’。你个哈批！你个赌棍！”

菲菲的声音越来越大，越来越尖锐，在桥洞里回响着。王常友不明白这突如其来的怒意源自何处，但显然已经积攒了很久。

“这个哈批要砍我！砍我！我反应慢点你就直接来给我收尸了晓得不！这回是真的收尸了晓得不！我明确跟你说，我不认栽的，我这些烟，我的车，这个瘸哈批不给我赔钱修好了，我不……”

“说啥子你！”王常友一听到“瘸哈批”三个字，单腿发力，从地上跳起来一把扑倒了菲菲，两个人扭打在地上，身上滚满了污水和泥土。

“不听话是不是？！”在一旁的金老二火气上头，抽出棍子来一顿抽打，他想打王常友，却也不知到底打到谁更多一些，总之王常友和菲菲终于分开，各自蜷缩回墙边的角落。

“听着！”金老二一声怒吼，显然他的耐心也所剩无几。

“你！”他指着菲菲。

“你一天天的翻些旧账有啥子意思？你的货搞成这个样子跟老子有一毛钱关系？我现在是以交警的身份在跟你说话，还说我不帮你？你个批婆娘连个驾照都没得，在这儿跟我发啥子功？”

“还有他！你看他这个批样子。”金老二指向王常友。

“他就是个碰瓷的，专业的！他有多少钱我晓得，赔不起你！到时候他转手告你无证驾驶把他撞了，他个批人每天批事情不干，你耗得过他？”

“老王，还有你，我说你碰点钱就碰点钱，这个刀是啥子意思？”

金老二捡起地上的刀，在王常友面前晃了晃。

“老子是交警，不是刑警，你还想业务升级搞抢劫？我问你，你啥子意思？”

王常友看着自己的这把刀，思绪又迷糊起来。

“没啥子意思，就是想随便杀个人。”

“随便杀个人？等于是老子倒霉？我先把你杀了！”菲菲从一旁蹿出，一把夺过了金老二手里的刀，向王常友扑了过去。

“任易菲！”

金老二的吼声已然来不及，菲菲已经扑倒了王常友，可一把刀就此悬在空中，停住了。

她看见，王常友哭了。

金老二喊出的名字，打开了王常友心里的一把锁，眼前这张魔鬼般的脸在他的脑海里逐渐熟悉起来，一种情绪如海啸般从心底涌出，不到一秒的时间里，竟泛出了眼泪。

“任易菲？容易的易，王菲的菲？”王常友小声问道。

任易菲也愣住了，她已经很多年没有这么说出过自己的名字。每当她不小心看到镜中的自己，都觉得这是别人，是另一个被自己的意识不小心附着上去的、没有名字的怪物。王常友的问题击碎了时间的围墙，让她思考着眼前这个蓬头垢面的男人到底是谁。他的眼睛被泪水浸润之后，露出了一种让任易菲隐约感到熟悉的光泽。

“你记得我不？我是王常友。”

黑暗寂静的空间里，两个人的回忆碰撞在一起，在另一个时空发出了巨大的声响。任易菲猛然抽回了双手，捂住了自己的脸。

相逢何以不相识？早已尘满面，早已鬓如霜。

“你咋成这个样子了！你咋成这个样子了！”

王常友忽然间放声大喊，涕泗满面。金老二一直以为他是个没皮没脸的瘸子，从未想过他也会有如此裂人心肺的哭声。

任易菲全身上下都颤抖着，她捂着脸，抬起头，似乎在尽力地克制自己。

“你不要喊，我不想哭！不要喊了！”任易菲的声音好像在哀求什么，却又不知在求谁。

终于，任易菲的左眼流出了眼泪，被一团肉泥堵塞的右眼渐渐红肿，从喉咙深处发出了疼痛的哀号。

金老二认识这两个人的时间都不短，对于他们之间如此浓烈的情感到底从哪里来，却丝毫不知。

2008年5月15日，震后第三天，川北某县。

一个男人被人从坍塌的砖瓦中救起，埋了三天，几乎失去了生还的可能。

他被送去了一家由重庆赶来的医疗队支援的医院，丢了一条腿，捡回一条命。但除他自己之外，父母妻儿无一幸存。

从手术台上醒来后，他告诉照顾自己的护士，自己叫王常友，是个客车司机。

那护士叫任易菲，时年二十六岁，随队援川。从王常友醒来后就一直陪在他身边。

入夜，病房里的呜咽声混杂着呼噜声，像是垂死的巨人在叹息。王常友每次从噩梦里挣扎逃出时，每一次因为身旁细小的动静而震颤发抖时，一身的冷汗与窒息感几乎要吞没他。

有时遇上余震，王常友会本能地逃跑，这才发现自己没有了左腿，摔在地上，尚未愈合的伤口撕心裂肺地疼痛起来。

每到这样的时候，任易菲就会递给他一条冰凉的毛巾。

“王哥，没事哈！”

发生了这么多事，怎么可能没事？但奇怪的是，这样的一句话，却可以让王常友平静下来。

王常友永远都感激任易菲这个女人，没有任何男女之事的原因，甚至并不因为她是一个女人，只因为任易菲这个人是他在那时逃离回忆的稻草。他紧紧地抓着她的声音、她的面庞，才能呼吸这世上残存的空气，以免于被吞噬。

到了今天，王常友对于任易菲的记忆已经非常有限，每一次回忆时都比上一次少了一些，像退潮的海。此刻，那回忆被一股巨力牵引，卷土重来。

出院时，任易菲悄悄递给王常友一个包，让他回家再打开。而王常友已经没有家了，这包里的东西，就是他最后的家——他的左腿。

在当时这本该是被当作医疗废品处理掉的，任易菲悄悄把它偷了出来，还给了王常友。

临走前恰逢有公司到医院做慈善，王常友赶上了好时候，白得了一支假肢。王常友后来装戴着那支假肢回到老县城，在山边挖了个坑，把家人的骨灰和自己的左腿都埋了进去。其时已经是秋天，山风萧瑟，拂过千里孤坟。

他告诉自己，如果有一天要死了，就回来，死在这里。

县里问王常友要钱还是要房，王常友那时每晚都做噩梦，不愿留下，要了点钱，离开了老家。腿没了，车也没法再开，漂了几年，钱也花完了，受尽了白眼，王常友又回到四川。谁知刚入省到了忘县就被车撞了，假肢坏了。王常友狮子大开口，要了对方五百块。本想花钱修修这假肢，过了几天却收到了一支新的，这支新的假肢让他留在了忘县。

送假肢给他的是当时为他处理事故的交警，叫金达超，家中行二，都叫他金老二。

金老二欠一个养鸡场老板的钱，把王常友介绍过去看门，管吃管住，不给工资。王常友倒也争气，干得不错，从看门的干到了看货的，还把自己所剩不多的钱全买了鸡苗养在厂里，打算就此扎根。谁知没多久就闹了鸡瘟，一厂子的活鸡都给活埋了，老板也跑路了。

王常友也不知道自己到底是不够坚强还是过于脆弱，总之是难再承受，喝了一夜酒之后，脑子就偶尔糊涂起来。

他一直住在养鸡场外街边的临建房里，起初还躲躲闪闪，后来发现这里既没人收租，也没人理睬，自己全然是这个世界的局外人。

一天，他摆弄起那支被撞坏的假肢，想起来那五百块钱，脑子里闪过了一条生财之道。

自然而然地，金老二成了配合他的那个人。

桥洞里，三个人各自坐在距离不远的地上，形成一个三角形，像是为今晚这荒谬的相逢而举行的某种仪式。

“我一开始也觉得你眼熟，就是没想到你会跑到忘县来。”任易菲的右眼依然红肿，但情绪已经平复，也不再遮住自己的脸，左眼看着王常友。

“你没事吧？”王常友小声地问道。

“没事，就是泪腺堵了，一哭就痛。”任易菲平静地说。

金老二一边挠头，一边消化着眼前两个人这一段匪夷所思的关系。

王常友的眼睛一直没有离开过任易菲的脸，总是欲言又止的样子，每次话到嘴边，又咽了回去。

“你……你……你这个……”

王常友不敢把话说完，指了指自己的脸。

“老王，不问了，改天我跟你说。”金老二见任易菲低着头沉默不语，帮忙打圆场。

“没啥子不能说的，又不是不说就不存在了。”任易菲依然低着头，轻声说道。

那个和王常友扭打厮杀的泼妇好像忽然消失了。除了这一张脸，眼前的任易菲似乎还是当年那个白衣飘飘的女孩，总说自己胖，笑起来看不见酒窝。

“其实，就是有一次，闹矛盾嘛，你晓得的。”任易菲大概是想通了什么，觉得也不必遮掩，声音也大了起来。

“我那天去医院上班也没觉得有啥子不对，结果那个人拿了一瓶水就泼下来了。”

金老二显然是知道这一段故事的，却依然咬紧了牙关，眼睛也红了，仿佛每多听一次这个故事，便是多一次的折磨。

“开始没觉得有啥子，就是眼睛痛得很，然后就发现衣服也烧烂了，闻到一股焦味儿。”

“然后，就这样了。”任易菲轻轻摸着自己的脸，好像在确认，真的不在了，连同那个并不存在的酒窝一起，都不在了。

“你……你不是还受表扬了？领导接见你，上了电视！发了奖章的！”王常友仰望着漆黑的桥洞顶，像在仰望星空，细细回忆着那些被自己锁起来的日子。

“对啊。”任易菲随着王常友的眼神望去，也是一片漆黑。

王常友等了几秒，好像在等任易菲多说几句，说说她为什么明明当时是个英雄，上了电视、受了表扬、领了奖章，最后还变成了这样。但任易菲的话已经说完了，一个多余的字都没有。

于是王常友终于意识到，彼时成了别人的天使，和此时被予以恶魔的脸庞，它们之间并没有什么联系。

“妈了个批，赔钱哦！”王常友忽地燃起一股怒火。金老二斜了他一眼，心想都到了这种时候，你王常友的第一反应还是赔钱。

“钱么也赔了点，人么也判刑了。本来说判无期，后来人家可能去找了人，我也不懂法，说我有只眼睛还是好的，就不判那么重。人么，应该还要再关几年，钱么，早就用完了。”

说到钱，金老二又侧过脸去，避开了任易菲正好看过来的眼神。

如果任易菲还能拥有表情，此刻应该是落寞的。但她如今的脸，落寞时，依然狰狞着。

“你屋头还有人不？”王常友冷不丁地问出这么一句。

任易菲发出了一声沉闷的笑声，抬头看着王常友。虽然没有表情，但从声音听起来，她被王常友给逗乐了。王常友当年住院的时候和其他从灾区被救出来的人聊天，往往就用这一句开场——“你屋头还有人不？”以至于到了今天，王常友对于一个不幸的人能给予的最大的关切，依然停留在这一句话。这一句王常友自己很在意的，世上最简单也最残忍的问话。

“你个哈批，有人！我！”金老二忽然开口了。

“哦对了，金达超是我……我和金达超有个娃娃，叫碗碗。”任易菲说。

“碗碗当时还小，看了我一眼就哭了，我也晓得我这副样子在家里面就是一尊瘟神，以后娃娃读书了，带娃娃去学校……娃娃要吃亏的，没法搞。我爸妈死得早，没啥子牵挂，干脆就叫金达超跟我娃娃说我也死了。我这个情况在医院里面也干不成了，就出来找活路，也不回家了，赚了钱就给屋头打回去。”

任易菲的语气毫无起伏，好像这不是她的故事，是报纸上看来的，讲完了被风给吹走，从来都不重要，从来无人在意。

“本来嘛，是真的想死了。但是金达超这个人喜欢……反正存不住钱。碗碗一个男娃娃，以后还要娶老婆的，我不放心。”

其实任易菲刚刚已经很大声地说过金老二是个赌棍，王常友也听见了。但此刻的任易菲似乎并不是刚才那个人，还在很委婉地，仿佛在照顾金老二的面子一样，轻轻地讲述这件事。

恍惚之间，王常友觉得这个女人的身体里住着两个完全不同的人。

“我……我就是偶尔买点彩票。”金老二不好意思地说起来，像个抄作业被抓到的孩子。

“买彩票？你那个叫买彩票？你去的那个地方是私营的，晓得不？那就是赌博。”任易菲的声音依然平静，但即便迟钝如王常友也可以想见，这声音曾经是激烈的，曾经让一个女人感到痛苦和绝望。

“王常友，你晓得他搞赌不？你不赌吗？”任易菲忽然问道。

王常友没有回答她，身边的金老二低下头，摆弄起制服的衣角。

“不要赌，干啥子都不要赌，出不来的。”

王常友心想，如果金老二不赌，说不定任易菲已经死了。这样来说，还是该赌。

“他在忘县这边当交警，碗碗在老家的奶奶那儿……”

“我嘛，重庆、忘县两边跑，不露面，就开车拉点烟……”

任易菲还在兀自说话，像是在对王常友这个久别重逢的朋友交代自己的生活。而另一边的王常友似乎听见了，又似乎没听见。王常友还在思考，还没有想明白。

“王常友，你咋回事？现在咋动不动就喊杀人呢？”

任易菲靠了过来，把手搭在了王常友的肩上。

“没发生啥子事情，我就是……一直想杀个人。”

王常友的语气变得古怪起来，像个执拗的老人。

王常友想杀人，猛烈地想杀人，他也不知道为什么。

但他也尚存些许的理性，他知道杀人要偿命，不偿命也得亡命天涯，他这一条仅有的腿肯定是没法亡命天涯了，还想活着，还想踏实地睡着，就先不杀了。所以他今天并不是因为决定要杀人了才走出了这一步，而是他先决定了要去死。至于为什么要去死，他也说不清楚，没什么特别的理由，或许只能归于那句老话："活够了。"

如昊有人问王常友，是不是因为受了什么刺激？王常友会摇头说，没事，今天、昨天、前天，都挺好的。但他确实是受了刺激，只是不在今天、不在昨天，也不在前天。

"王常友，你记得你那时候住院，还有个心理专家来找你摆龙门阵不？"任易菲的声音越发温柔起来，好像又回到了那年的夏天，她还是那个在照顾着王常友的护士。

"记得，摆龙门阵的那个老哥嘛，记得。"王常友忽然笑了起来，好像和他很熟悉。

"他当时跟我说，如果我以后有啥子想不开的事情，有啥子想打人、想打墙的时候，就找他。"

"然后呢？你找他没有呢？"

"嘿嘿，早就找不到了。"

王常友说这话的时候丝毫没有怨气，因为他知道，自己想杀人也就是近几年的事情，人家一个素不相识的人，早已没什么理由为自己负责。

王常友不过初中文化，如果直接把PTSD（创伤后应激障碍）这四个字母摆在他面前，他恐怕一辈子都想不到自己会和这些字母产生关系。这可是外国话，太高级了，至少也要读个大专才能沾上边。

王常友虽成了个无赖，但他相信真理，相信饿了要吃饭、渴了要喝水，相信一挡起步换二挡加速，相信爆胎了车子会乱摆。可他不相信一件事情可以在平息很多年后再次把一个人摧毁，不相信一个人可以悄悄地就彻底变成了另一个人。

到底从什么时候开始的？是从没了左腿的时候，还是从在村妇面前阳痿的时候，还是从看到自己的一切都随着鸡叫被活埋的时候？

这些问题都太难了，王常友答不了，任易菲答不了，金老二也答不了。

和王常友一样，任易菲也有自己的问题，金老二也有自己的问题，一次次问自己，一次次与自己沉默相对。而这世上或许真有能解答的人，或许也上了电视，或许也领了奖章，或许也挣扎在人海。

车灯忽然熄灭，桥洞彻底陷入了黑暗。

遥远的城邦霓虹闪烁，照不亮这黑暗。千万里之外的大陆上，人力无法扑灭的山火还在熊熊燃烧着，要烧毁人类与土地签订的旧契约，它也照不亮这黑暗。无边寰宇之中，恒星的新生与死亡都绽放出无限光华，依然照不亮这黑暗。

王常友摸出打火机，“咔”，亮了。

他想起来很多年前给刚满四岁的儿子过生日，儿子问他：“爸爸，为什么一定要把火给吹灭，才算许愿？”

新的春天就在眼前，云在山野间死成了雨，雨又活成了云。

但有些花已经彻底凋谢，不会再开。

旧的伤口已经结痂，坚不可摧。新的刀锋闪耀着光芒，破风而来。

次日清晨，早餐铺子里。王常友放下见底的面碗，又从金老二的碗里挑出一根肉丝放进嘴里嚼了起来，津津有味地看着电视。

电视上播送着另一场灾难，医生和护士奔走在狭小的荧幕里。

“任易菲，你要是……你要是还在上班，你去不去？”

“云个锤子去，你没听到吗？医生、护士都有死的了，菲菲同意我都不同意。”

“老子要你同意？你打你的牌！”

“打锤子，没电了。喂！老板你搞啥子？我们正在看！你换啥子台？”

“妈哟！刚才是哪个台？”

“忘了。”

JA512

诗的证言

生活从什么时候开始变得乏味了？洪童喝上两杯酒时，会如此问自己。

说起来并不新鲜，仔细算算，分界线大概就是退休。退休不久儿子也终于结婚，把洪童“扔下”，和老婆搬去了新家。这事乍听之下不太合情，仔细想想倒也合理，不然小两口和一个退休老头儿同住，对儿媳来说总归是不方便。洪童是个信老理儿的人，按老理儿说，如果儿子不在场，他甚至都不该和儿媳单独说话，所以对于儿子搬家他并没有什么意见。况且儿子也并非完全不顾及他，新家不过在两条街之外，在北京这广袤的地盘上完全可算作是邻居。

儿子叫洪军，名字是洪童取的。“哎哟，您爷儿俩这名字有意思，是不是‘童子军’？”每当有人这么问，洪童就得意地笑起来。但洪军对这个只能供爸爸自我陶醉的名字一直不满意，确实是过于普通了。洪军小时候还算乖巧，长大了越发开始有自己的主意，洪童的妻子病逝后再无人调停，父子关系的外壳一点点碎裂。

这几年，洪童常会一个人盯着屏幕上的扑克牌发呆，一分一秒地看着自己的牌进入托管状态。好像生活也是这样，反正好牌早已在前半生都打了出去——也没打出什么响声来。如今剩下一把三四五六七，自己打或者托管已经没什么区别，就这么从大到小地往外出吧，直到手里空空如也。

也在亲朋的怂恿下去相过亲，但这把年纪的选择已经非常有限。每每说起亡妻洪童总是两眼放光，对方一看就明白了，有的不再联系，有的便世俗起来贪图车子、房子，总之是不合适的。

独居本就容易把自己暴露在寂寞里，何况还是一个刚刚结束社会征途的、如此年纪的男人。洪童开始酗酒，后来被儿子和儿媳发现了藏在阳台纸箱里的成山的酒瓶，于是把家里的酒全部没收。怎么办呢？洪军也想过搬回家住，但每次动念后只要和洪童吃一次饭，这念头就被击碎了。

洪军和老婆在家里商量，找点事情给他做吧，或许会好一些。

这事情说起来简单，办起来困难，打听盘算了一个月才找到一件合适的事。其间四处托人介绍关系，请了七八顿饭，送了些不便宜的礼物，终于让洪童接到了电话，被“请”去做一份“重要”的工作。“劳您费心，我爸这人太骄傲。”洪军如此说。果然，就算摆足了姿态也还是“请”

了三次才把洪童给“请”出了山。起初洪童非常勉强的样子，天天嚷嚷着这事情没意思不想干，半年后才终于适应，一年后已经是一副尽忠职守的姿态。一晃眼五年过去，儿子家里已经添了个孙女，洪童却放话说：“你们自己带，我要上班。”

这天，洪童下班的路上看见黄叶已在风中飞舞，透亮的橙色天空下，远处的西山熠熠生辉。这情景去年秋天并没有出现，或者并没有被他看见，算是生活里的一点点苟且的新鲜。他想起杜牧的诗：“南山与秋色，气势两相高。”调转自行车的车头，他又回到了办公室。

在办公室的门口，洪童遇见了一个老头儿，正探头探脑地往屋里望着。

如果人对一张脸的熟悉程度可以打分，这张脸能打59分——将熟不熟，差一点就能及格，差一点就能想起它的主人究竟是谁。

一边开门，洪童一边狐疑地看着这个老头儿。

“你这里可是《走进平房》编辑部？”老头儿小声问。他的口音洪童还有些熟悉，却也一下子想不起来源自何处，总之不是北京本地人。

老头儿看起来比洪童大一些，少说也有七十岁。矮小、精瘦，暗沉的皮肤上插着灰白的须发，与皱纹一起交织在颅顶，看起来并不曾被生活优待过。他谨慎的笑容里散发出善意，手旦捏着一份报纸。洪童一眼便认出了头版上乡领导视察工作的照片，正是上个月底印发的那期《走进平房》。

“是，您找哪位？”洪童仍在脑中搜索着。

“找洪童编辑，你可认得？”

“我就是洪童……您是？”听见自己的名字，洪童有些吃惊。

“我叫鲁大，我是你们的读者。”那老头儿咧嘴露出一排又黄又乱的牙齿，这牙齿为洪童作了弊，他终于想起来这人是谁。

《走进平房》，是洪军为爸爸“安排”的工作。

平房，指平房乡。这名字并不洋气，许多人都想不到它竟然隶属于北京最洋气的朝阳区。平房乡面积不大，却跨越了近几年闻名全国的“比六环少一环”的五环路，曾经脏、乱、差的城乡接合部在城市扩张的巨轮下涅槃重生，也修建起高级小区和私立医院。关于旧日的痕迹所剩无几——几块因为权责不清而依旧荒凉的飞地，和这个从未改变过的“乡”字。好地皮都让位给了商业楼盘，平房乡城管大队的院子地处五环外的偏僻路段，半新不旧的水泥楼二层有一间小屋，是《走进平房》租用的编辑部。

免费发放给居民的社区报《走进平房》是乡里搞文化建设的非营利工程，也有人说是面子工程，总之是没什么人看的。印数有限，发放也不入户，摆上一叠放在各个小区的单元楼门口的消防箱上，任各家领取。大部分人对于这样的报纸都视而不见，也有小部分人视作珍宝——趁无人时一次性就拿个十份二十份，都用来垫在餐桌上。尤其是些上了年纪的人，总习惯吃饭、嗑瓜子时要用报纸垫着。

纵然出现在百家餐桌上，可那角落里的一行小字："编辑：洪童"，从未有人注意过。

洪童是老平房乡人，退休前在市里给一份国字号大报做编辑。刚退休不久儿子就搬走了，耐不住寂寞的洪童终于答应了乡里宣传部的"邀约"来操持《走进平房》。应了儿子与儿媳的判断，这种体量的报纸对老编辑洪童来说没有太大的难度，双周刊的频率并不算高，各类车轱辘话文章换一些名词和日期就能一用再用，招几个兼职美工的小年轻便能轻松应付下来。

洪童始终不知道这份工作竟然是儿子选的，还一直以为是自己国字号大报编辑的美名在外，一退休竟还遭到哄抢。"我爸这岁数也没什么多的追求了，您就是得让他感觉您是真的需要他。"洪军托人办事时是这么说的，事实上也确实如此。"走不了！我走了他们根本不成。"每次有朋友问起洪童还要干多久，洪童总是一副自己举足轻重的样子。其实洪童自己也知道，这报纸是没人看的，仅有的读者就是那些被写在报纸上的乡领导们。但他感到自己被这份工作需要，他自己也需要这份工作，他需要自己的名字依然在某个不起眼的角落里存在着。

今天还是第一次遇上个自称“读者”的人，让洪童有些意外。而且洪童想起来这人是谁了，这人和乡领导也没什么关系，是个真正的“野生读者”——这是儿子小区里看门的大爷。

原来他叫鲁大。

“鲁师傅，您看我们这抬头不见低头见的，终于算是认识了。”洪童把鲁大请进了屋。

“洪编辑，我也说看你有点眼熟噶，有缘分，我可喜欢你们。”鲁大一边握着洪童的手一边兴奋地扫视着，他苍老的脸上露出了一种显然并不常见的笑容，皱纹也不适应这表情，被挤得乱七八糟。这种真挚是演不出来的，虽然严格意义上来说两个人只是初次见面，洪童竟还有些感动。

房间不大，老式的木质办公桌分列于四角，配上看起来还算舒适的老板椅，一台积灰无数的三叶风扇悬于屋顶，墙角新开了一个洞，连着一台空调。

“你报纸是在这点搞的？”鲁大指着一台显示器问。

洪童拉过一把椅子让鲁大坐下，打开电脑，又从抽屉里拿出一包花生递给鲁大。他耐心地解释起这份报纸的制作流程，说这里不过是编辑部，下厂印刷又是在另一处地方。鲁大兴致勃勃地听着，时不时像个孩子一样赞叹两句。洪童本可以不这么耐心，尤其是对这样一位可以用“师傅”去称呼的人，但他此刻心怀感激，决心好好招待这位读者。只是聊了半天洪童也没搞明白鲁大到底是来做什么的，直到夕阳已经彻底沉了下去，鲁大还是不说，笑嘻嘻地左顾右盼，搓揉着双手。

“鲁师傅，今天过来是有什么事情吗？”洪童索性直接发问。

“洪编辑，我喜欢这个栏目。”鲁大铺开手里皱巴巴的报纸，指着一个角落。

“您说您喜欢诗词角？”洪童很意外。

“可喜欢！每期都认真看。”鲁大说。

这诗词角只有半个手掌大小，是《走进平房》所有内容里最不起眼的部分——说到底，不过是为了“凑版面”而存在的空间。版面空得多一些，就放长一点的现代诗；空得少一些，就放一首七言或五言的中国古诗。刚接手时领导还一度想改版取消这栏目，洪童没同意。他原本对诗并没有特别的感情，但他认为诗这东西虽然篇幅不长，却可以让这份干瘪无味的报纸多出几滴水润，这种水润难以言喻，却也难以替代，何必删掉呢？

为了给诗词角选内容，洪童后来还真成了半个诗词爱好者，毕竟这是整张报纸里唯一完全属于洪童的空间，没有政治要求，没有利弊平衡，想放什么全凭自己的喜恶。就说这一期的诗词角吧，洪童早想好了要放一首写秋天的古诗，原本安排了杜牧的《秋夕》——“天阶夜色凉如水，坐看牵牛织女星。”刚才和鲁大聊天的过程里又决定改成杜牧的另一首《长安秋望》——“南山与秋色，气势两相高。”

毕竟是自己花了心思的事情，被人说喜欢，洪童还是有些得意的。但喜欢诗词角又如何呢？洪童还是不明白鲁大的来意。

“洪编辑，我是个诗人。”鲁大紧盯着洪童，这话一说出口洪亶就知道了，之前的一切都是序曲，这才是他今天的目的。

“我就住在小区这点的宿舍，也算是我们平房乡的住户噶？我写了诗，你看能在你这个诗词角刊发不？”鲁大终于小声问了出来。

毕竟有年纪在前把持着，洪童只是微微一笑，心里却觉得这情景实在太滑稽。

从前在大报纸，就算是被称作“夕阳行业”的那几年，求洪童发稿的人也能从一楼电梯排到四楼办公室门口，还都是各行业、各机关响当当的人物。虽然大家都是守法的，但也讲人情，至少洪童家里的酒始终都喝不完。可自从来了《走进平房》，五六年了，这位看门大爷鲁大还是第一个来求他的——一个诗人。

当了一辈子编辑也认识一些卖文字的人，洪童太知道了，如今这世道但凡能写几个字、会发个微博的，都算会写诗。无奈这满街的二手诗人产出了无数的网络段子，却没几首真正的诗。他没想到连鲁大这小区看门的大爷也如此附庸风雅，要来硬给自己装上个诗人的名头。倒也不是看不起鲁大，好吧，或许是有些看不起鲁大；但或许也不是，或许是看不起看门大爷这个角色；但或许又不是，或许是看不起诗人。再者，就算真是诗人，在《走进平房》的诗词角里发诗又算是哪门子的追求呢？且不说中国大大小小的诗词刊物，哪怕发在网上也好，至少有人看。总好过被人压在碗下，沾上油渍，成了名副其实的“打油诗”。

开始觉得好笑，后来有些生气，最后竟然伤感起来。“能不能在你这里发一下？”这句话洪童被问了半辈子，如今这句话倒还没变，其他的一切都已物非人也非。他感怀起光阴的逝去，怎么就从那时那日那样的情景，“沦落”到了如此地步？

值得笑吗？太值得一笑了，狂笑苦笑嘲笑，任君选择。

短短一瞬里，洪童的脑中涌动了如此多的情绪，若他能跳出来看看，会发现自己或许倒是块当诗人的材料。而鲁大显然没这么多想法，始终一脸真诚地望着洪童，期待着一个回复。这种真诚自有力量，逼迫着洪童严肃起来。

“好，我看看。”洪童说。

鲁大连忙从兜里掏出一个小本子递给洪童，本子封皮上的彩印已经褪色泛白，但看起来一点不糟糕，被保护得很好。

“新船的诗”这几个字歪歪扭扭地写在第一页，想必是出自鲁大的手笔。

“新船？是笔名？”洪童抬头问鲁大。

“鲁新船，还算好听噶？”鲁大笑着说。

“倒也不难听。”洪童兀自嘟囔着，一页页翻阅起来。他是有心要认真读的，只是鲁大的字实在太难看，曲里拐弯的形状宛如蛇爬，严重影响了阅读体验，也不知是否真的有人读过它们。洪童往后翻了翻，诗的数目还不少，有古体诗有现代诗，一页一首，已经写了大半本。天色已晚，耐性耗尽的洪童实在有些饿，已无心再看。

“鲁师傅，这样啊。如果你不介意呢，我就先把你这个本子带回去，你留个电话，我回去慢慢看一看再和你联系？”

“不介意的，洪编辑！你拿去看噶，哪回你再过来看娃娃的时候再给我都可以，我等你的回话！”鲁大激动地一再道谢，临走时从兜里摸出一包烟来放在洪童的桌子上，那动作僵硬而局促，如同做贼一般。从前来送礼的人都知道洪童这人爱喝酒但不抽烟，洪童追出门去想把烟还给鲁大，却看见他早已一溜烟地出了院门。

晚上原本定了要去儿子家坐坐，但洪童决定不去了。一来上次和儿子吵架后的余波还未平息，二来如果去的话或许还会遇见鲁大，不免又要说上几句，干脆就在家煮饺子吃。平日里吃晚饭时是要看电视剧的，洪童拿起遥控器犹豫了几秒又放下，打开那本“新船的诗”，耐着性子读了起来。

洪童有些惊讶，他本以为鲁大的诗要不就是毫无深度的老年生活记录，要不就是像网上那些人一样写一些调皮机巧的词句，没想到读了两首还真有些模样。大量的题材都源于乡村生活，大概就是鲁大的故乡——从诗里看是个极少下雪、周边有河、多雨多雾的地方。其中一首叫《咏乡》，还别具风味。

水似云雾雾似山，浅沼没蹄牛羊慢。
骚人墨客若踏过，江南莫敢称江南。

——《咏乡》鲁新船

洪童也认识些偶尔在朋友圈里写写打油诗的朋友，鲁大的水平距离他们并不算很远，但这些人是万万不敢自称诗人的。鲁大的一些诗虽然也涉嫌无病呻吟，但至少有呻吟的姿态，其中还渗透出一股灵动与活力、一股对生命和生活的热忱。作为一个如此生活的老头子来说，颇为难得。

“不会是抄的吧？”洪童心想，专门挑出几个勉强算作佳句的句子上网搜了搜，没想到无论是诗的内容还是“鲁新船”这个笔名都搜不到。搜“鲁大”倒是搜出来一大堆结果，都是“齐鲁大地换新颜”一类的新闻报道。“还真是他写的，倒也有一点意思。但也就这一点意思。”洪童一边吃饺子一边想着。

“有一点意思”这评价已经算上了尊老爱幼的慷慨，但也就止步于此了，找不出再多的好来。现代诗太矫情，古体诗则时不时地出现奇怪的韵脚。洪童回想起鲁大的口音，又仔细读了读才发现，这些不押韵的古体诗如果都换成云南话便勉强算是押韵的。洪童当知青时有个交好的云南朋友，可惜早已断了联系，也不知是否还活着。鲁大这几首诗还勾起了心瘾，去衣柜里拿出一瓶背着儿子、儿媳藏起来的“小牛二”，就着饺子自斟自酌回忆起往昔来。在洪童心底，对那时仍有无限的、复杂的眷恋。但他怀念的从来不是那个时代，而是那时的自己。

“毕竟是业余。”看了小半本，酒意上涌，洪童合上本子，如此下了结论。

碗盘散落在桌上冒着醋味儿，微醺着打开了电视，冰凉的皮沙发怎么也焐不热。早知道还是去看儿子了，洪童心想。随即摸出手机想给儿子打个电话，但残存的理性告诉他这电话的结局可能还是争吵，便又放下。夜晚总是难过的，那个唯一能唠叨几句的爱人早已永别，不敢再想，但念头一空便孤独起来。洪童觉得此刻自己是需要一首诗的，不是鲁大的诗，而是一首真正的关于生命的诗。他想起来了——“如今我们深夜饮酒，杯子碰到一起，都是梦破碎的声音”，他现在没有“我们”，也没有另一只杯子与他的碰在一起，他的生活可能早就以另一种方式瓦解了，换了个纸杯子，碰也碰不出声响来。

洪童那些模糊的情绪随即蔓延到了很多的回忆里，想起自己曾经努力正直却始终升不上去，后来一狠心一跺脚不讲正直了，竟然还是升不上去，或许在不正直的人里还是太过正直。他想起那些难看的人、事、物，想起那些明明和糟糕同时出现的美好，美好却都先行离去，糟糕还留在心里。

“儿子，如今我们深夜饮酒，杯子碰到一起，都是梦破碎的声音！”洪童还是拨通了儿子的电话，刚接通就朗读起来。

“你来抱一下，我爸又喝多了。”洪童听见洪军在电话那边小声说。

“我跟你说，诗太美了，真的，我现在心里面的感觉只有诗能表达，真的！”洪童迷迷糊糊地讲。

“爸，这根本就不是诗，这是人家散文里的一段话，你瞎感动啥？你又喝酒了？不是跟你说了……”

“扯他妈的淡呢！你老子我说是诗就是诗！”洪童忽然来了一股无名的火。

“行，我不跟你说了，我干活去了。”

“去去去，你去跟你的红豆过，反正我早说了，你这事情不行，别到头来……”

“爸，我也早说了，我的事你能不能别管了？”

“小兔崽子翅膀硬了是吧？我告诉你……”

话没说完，洪军挂掉了电话。“嘟——嘟——嘟——”，像梦破碎的声音。

洪童一个激灵，酒醒了一半，一看手机，时间已经是夜里两点。翻开通话记录，这通电话根本不曾播出去。

“妈的……”他笑了笑，这情景他并不陌生，不过又是一个醉倒在沙发上的夜晚。

第二天，洪童依然准时到了办公室，要为这一期《走进平房》做最后的排版、校对。诗词角里的内容依旧是那首《长安秋望》，他排版时又读了一遍，很满意自己的选择。洪童其实从未真的想过要把鲁大的诗发出来，《走进平房》好歹也是个政府牵头的社区报，自己好歹也曾经有过这样那样的头衔，鲁大不过是个看大门的，鲁大的诗也不是什么天才之作，随便就能找到一百个不发的理由。

午休时，洪童骑车到儿子住的小区，打算把本子还给鲁大，就此婉拒掉生活里这一段小小的插曲。可当他走到小区门口时忽然想起来一件事，他停在路边考虑了两分钟，做了另一个决定。

“洪编辑！我那个诗你可看了？”鲁大看见洪童过来，兴奋极了。

“鲁师傅，借一步说话？”洪童忽然客气起来，这语气给了鲁大希望，笑嘻嘻地把洪童领到了旁边自己的值班室里。这值班室不过三四平方米大小，洪童和鲁大两个成年男人只能挤在一起坐着，满屋子都是鲁大的汗臭味儿。

“鲁师傅，您的诗我看了，实话说啊，确实比较稚嫩。”鲁大目不转睛地看着洪童，不管他说什么都连连点头。“您看啊，我们平时发的诗，古诗就不说了，唐宋诗人本来都是名家，就算是现代诗，对吧，泰戈尔咱们都不比，就算是国内的也都是有头有脸的诗人。您的诗距离他们还是有些差距的。”鲁大的表情一点点落寞起来，洪童都看在眼里。

“但是，鲁师傅，您也算是我们平房乡的一员，我们是支持老百姓搞创作的，所以……这个，还是有些商量的余地。”洪童小心地说着，“您看那边，”洪童指向小区外的街道旁，“那个地方常年停着一辆白色的车，尾号0803，不知道您有没有印象，那是我儿子的车。”鲁大顺着洪童的手指看去，路边是空的，应该是开去上班了，但他逐渐明白了这一场谈话的走向。

“咱们小区没有地下车库，地面车位一直比较紧张，这个情况您肯定比我清楚，对吧？”洪童伸手拍了拍鲁大的肩膀，这距离太近，鲁大避无可避。“我儿子搬过来得比较晚，一直解决不了这个车位的问题，只能停在外面。虽然也不是天天有人贴条，但是呢……您说是吧？总是不太舒服，冬天马上来了，这一路走进去也挺远的。”

鲁大看着洪童，还在等他继续说，洪童往后坐了一点，意思是我已经说完了。

“对了，我不抽烟。”洪童拿出鲁大给他的烟，塞回了鲁大的手里。

“洪编辑，我在这点只管看大门，车位不归我管。”鲁大憋了半晌，憋出这么一句话来。

“这个我知道。鲁师傅，大家都一样，我上面也还有领导呢，我们彼此都想想办法？您说呢？”洪童拿出了遗失已久的那个国字号大报纸老编辑的腔调，看来宝刀还未老，看门大爷鲁大根本无力还手。

“那我想想办法，洪编辑。”鲁大的眼神有些暗淡，闷闷地说。

“咱们可以把话再说得……”洪童把本子放在了值班室的桌上，轻轻拍了一下。

“不用，洪编辑，我明白的。”鲁大说。

“行！那咱们就都想想办法。”洪童站起来侧过身出门，没敢直视鲁大的眼睛。

往外走时，洪童心里有些不忍。他自认为自己从来也不是什么反面角色，但儿子这个车位的问题确实已经成了个老大难的问题，房子是买了，但没地方停车算个什么呢？瞧这小子的德行也不像是能再换一套房子的，或许下半辈子都要住在这个小区里，车位必须解决。各种办法都已经想尽了，如今遇见了鲁大，或者说鲁大送上了门，管它呢，试试看吧。

“洪编辑！”洪童正在路边挑选到底该骑哪一辆共享自行车，鲁大忽然追了过来。

“洪编辑，我问你个事情噶？”鲁大离得老远就喊道。

“行啊，你问。”洪童笑着说。

“洪编辑，你可有哪一首觉得还好的？”鲁大站定在远处，有些喘气。

“有一首！有一首还不错，叫……你仅有的忧愁！”洪童扯着嗓子说。

“好的噶！谢谢洪编辑！”鲁大笑了起来，似乎很满意地回去了，完全不像是刚刚被洪童“提要求”的样子。

> 你没有淋过旧时的雨，你没有抚过龟裂的大地，没有一棵草浸泡过你的鲜血，没有一条鱼见证过你的飘零。他们是这样说的。你还不够忧愁呵！你还有些空洞呵！你不过是在安逸的阳光下做着华而不实的梦呵！他们是这样说的。他们是对的，我无力反驳他们的话语。这是我仅有的忧愁。
>
> ——《我仅有的忧愁》鲁新船

又出了几期《走进平房》，已经是深冬。

洪童来找儿子时依然会和大门口的鲁大打招呼，鲁大也热情地招手，但谁也没再提过关于诗或车位的事情。洪童对鲁大早已不抱希望，他不过是个看大门的，这事情办不下来也属正常。而且洪军最近生意有些受挫，也不愿多见洪童，总是找理由搪塞，洪童见到儿子和鲁大的机会也变得少了许多。

谁知，就在一个中午，洪童正在办公室里吃着楼下面馆的外卖，鲁大打来了电话。

“洪编辑，车位的事情我给你搞好了噶，三百块一个月。”鲁大兴奋地说。

“啊？您说什么？三百一个月？”洪童吓了一跳。这一份惊吓可不小，鲁大成功地找到了车位不说，车位租金居然还比小区的均价便宜了一百。

“喂？洪编辑，你可还要这个车位？”鲁大在电话里问。

“哦……要的要的！对了，鲁师傅，您的诗要不再给我看看，下一期报纸马上要定稿了，我给您安排一下……”洪童被打了个措手不及，有些慌乱。

“不碍事！洪编辑，这一期不行就下一期噶，看你方便嘛。就是这点这个车位比较着急，你要赶紧来办噶！”鲁大说。

“不行不行，咱们按道理来办事，一码是一码。这样，鲁师傅，咱们就定那首你仅有的忧愁了！您快念给我听。”洪童把手机夹在耳朵边，一个字一个字地往电脑里敲。鲁大在电话里把《我仅有的忧愁》念完，洪童复述了一遍，确定了几个字。

“嘿！现在再看，写得是很好啊！很有味道！”洪童赞叹道。

“洪编辑，我还有个小要求，你看下能不能行？就是这个名字噶，我看你们都直接写这个诗人叫个啥名字，我这首你有没有可能在‘鲁新船’前面加上‘诗人’两个字？”鲁大的声音有些别扭，显然提出这要求也是不太好意思。

“没问题！这算什么，现在就加！我这加完了先发出去，过几天就下厂印刷了。车位的事情我下班就来办。”洪童一口答应，心满意足。

这个电话让洪童心情大好，车位落实，可算是解决了一大心事。剩下的半碗面越吃越香，也没心思再去嘲讽鲁大为了当个诗人如此煞费苦心，只要能过审，要他加“伟人”两个字都行。

可惜，到了下午，大好的心情灰飞烟灭。

首先是给儿子打电话：“你今天要早点回来，小区车位的事情给你办妥了。”洪童一副发号施令的做派，仿佛在对儿子炫耀着什么。可洪军却说——车位一年多以前就已经租下来了，前段时间已经续租一年，每月四百。这可把洪童给说蒙了，自己明明就记得车位的事情从未解决，自己还专门去找过好几趟物业，难道已经是多年前的事情了吗？最近一年多自己明明就记得儿子的车还停在小区外的路旁，怎么忽然就变成在小区里有车位了？又仔细盘算了一下，好像还能记得自己坐在儿子车里的场景，却完全回想不起来这车停在何处。

“爸，你不记得了？有一次我车停在小区里被人挡了，打了电话那人也不下来挪车，你还跑去威胁人家？”哦……洪童想起来了，是有这么一回事。但这事情发生之后转眼又被他忘掉，固执地认为车位这事情从未被解决。是老年痴呆了？是因为喝酒？洪童搞不懂。或许只因为他的心里始终觉得儿子这个车位是需要他来解决的。

“你那个车位太贵，我给你找的一个月才三百，你就换成我这个。”洪童倔强地说。

“爸，我那个车位就在单元楼门口，而且都续签了一年了，说退就退啊？你找的那个靠谱吗？我这个四百已经是最低价了，你那个怎么还能三百啊？在什么位置啊？”洪军连环炮一般地发问，洪童一个都答不上来。

“先不和你说了，我这儿正在忙呢，什么时候过来吃饭给我发微信。”洪军说完便挂了电话，留下洪童在空旷的办公室里茫然着。沮丧之中，洪童瞄到电脑屏幕上鲁大的诗，长叹了一口气。按道理来说，车位的事情总归是自己搞错了，这诗还是要给人家发的。

忽然手机又响了，是乡里宣传部的小刘，洪童警觉起来。

“洪老师？我宣传部小刘啊，问您个事儿呗？”小刘很客气。

“啊，你说。”洪童试着捋顺自己的情绪。

“您中午提交的这一版，诗人鲁新船，是谁啊？”小刘问。

“嘿！今儿是怎么了？鲁新船就是咱们乡里的一个诗人，怎么着？平时你不就审审乡领导的头版，今天怎么还管起诗词角了？”洪童气不打一处来，声音大了起来。

“您别着急啊洪老师，我也就是问问，之前您都弄李白、杜甫、泰戈尔，这我哪儿问得着呢？您说是吧？这个鲁新船我上网查了，压根儿就没有这个人。您也知道最近很多媒体都吃过亏，发一个也不知道是谁的稿子，最后这人出了问题，您明白吧？前几年我弟他们台还报道了一个正面人物，结果他妈的前段时间说他又是经济问题又是刑事问题，赶紧把资料都撤了。您别生气啊，我就是举个例子。您也知道咱们这报纸虽然不算什么大报，但毕竟也算是乡里的门面，也不是说不能发啊，就是毕竟也有些风险，您再想想……”

“不用想了，我已经决定了。”洪童打断了他，同时心里琢磨着自己是不是在某时某地得罪过这个小刘。但因为刚才车位的事情，洪童对自己的记忆已经不太信任。

“洪老师，其实吧……这事情是老陈说的，一个听也没听说过的人，还用什么‘旧时的雨’这种词，您明白吧？要不然我也不至于跑您这儿来跟您……”小刘讪讪地说。

老陈便是那个三番五次“邀请”洪童出山的人。老陈总体来说还算和善，也不是个古板的人，唯独对于自己这个“领导”的位置非常看重。洪童一听是他，心知这事情是扭转不过来了，应付几句便挂了电话。

“妈的……”洪童随便找了首唐诗替换掉了鲁大的诗，胡乱排了排版又发送了一遍。

以为自己能做的事情，反而做不了；以为自己能办好的事情，反而人家不需要。窗外阴冷的天空像一个巨大而模糊的影子，那影子曾经被日光粘连在洪童的脚面上，如今却已经抓不住，要被风带去遥远的地方。

“鲁师傅，您什么时候休息？我请您吃个饭。”

傍晚时分，洪童满脸堆欢，透过值班室的窗子看着鲁大。

地点选在了小区附近的一处川菜馆，近几年才开业，装修得还算体面。“大冷天的，暖暖身子！”洪童做主点了两瓶二锅头，鲁大推辞不过，只好接过一瓶。

“抱歉啊，鲁师傅，我先走一个。”洪童一口饭还没吃，上来就先干了一杯。酒到肚子里烧了起来，有些难受。鲁大看情形也明白过来了，看来这诗是没希望了。但他没想到，就连车位洪童也不要。

洪童就着酒，把能说的抱歉话全说了一遍，一副负荆请罪的模样。其实真正愿望落空的人是鲁大，现在反而是鲁大一直在安慰洪童，一再告诉他没关系。鲁大也一样满脸的失望，但洪童自顾自地吃菜、喝酒，眼前已经蒙眬，看不分明。

“鲁师傅，我问问啊，这个车位是怎么找到的？怎么才三百一个月？”洪童想起来这件事，问鲁大。

“你不是说……要找车位噶，我第二天去和人家说，就已经说好了。”鲁大也有些微醺。

“第二天？我他妈跑了多少趟呢，我怎么办不下来？你怎么一去就得手了？”洪童苦笑着说。

“洪编辑，我妈妈，我妈妈已经不在了噶，我妈妈就教育我一件事情，能说实话的时候，就尽量说实话噶。我就是说了实话。”

“什么实话？和谁说？”

“张姐，物业张姐。”洪童听完笑了起来，这个张姐洪童是认识的，至少比鲁大和洪童小两轮，鲁大还笑嘻嘻地叫人家姐。“我就说清楚我这点有这个情况，说清楚洪编辑这点有这个要求，张姐就说等有人车位到期了就给我留出来一个。今天早上和我讲的，说马上要空出来一个。”鲁大说得轻描淡写，仿佛根本就不费力气。洪童听到“洪编辑这点有这个要求”时满脸通红，好在因为喝了酒，也看不出来。

“你的情况是个什么情况？就因为你要发诗？这个张姐什么时候这么大方了？还给你三百一个月？”洪童回忆起自

己和张姐打交道的时候，对方明明就是个十分计较的女人。

“张姐说，我这样的情况她还是希望帮我，而且说我平时干活干得还算好噶，就算是她这点私人支持我，叫我车位再租给你，多的钱就给我了。”鲁大给自己倒了一杯酒，举到了洪童的面前。“但是，我必须和你坦白噶，洪编辑，我对你是没有讲实话的。”说完话鲁大喝下了酒，满脸皱纹挤在一起，随后骤然松开，发出“嘶”的一声。洪童盯着鲁大，回想着到底他在哪里骗了自己。

“鲁新船不是我，是我老家的孙子。”鲁大说。

“我们那点在乡下，没发展，都是要出去打工的。我儿子早些年和老婆一起出来打工噶，结果就找不到了。我就这一个娃娃，到现在也不知道在哪点。最后说是在北京，我来找他们也没找到，家里也没存多少钱，鲁新船的奶奶就在家带他，我就在这点找工作。

“后来新船年纪大了，今年也二十多岁了，也没读过啥好学校。人家都出去打工，他就喜欢写诗，人家问他是做哪样的，他硬要讲自己是个诗人。我们也不懂他写得好不好，但是在我们那点写诗也不赚钱，就是被人笑哦，没有人相信他是个诗人噶。

“他写完了就发个短信给我，我就记下来，想着北京懂文化的人多噶，万一哪天有机会让懂文化的指点一下。”

鲁大拿出手机来给洪童看，果然密密麻麻全是鲁新船发来的诗。洪童到现在终于搞明白为什么鲁大的诗里总带着些与他年龄不太匹配的、微妙的感觉，原本以为是鲁大人老心不老，原来是出自一个二十岁出头的年轻男孩。

“我之前给好多报纸和杂志都寄过信，都没有刊发。这次就想试试看在《走进平房》上能不能发，这样我把报纸带回去，村里的人一看噶，噢哟！诗人鲁新船在报纸上发表了诗，那就算是认证了噶，新船就是个诗人了。”说到这里，鲁大的语气明显有些兴奋。

“但是新船也不是我们平房乡的住户，我担心因为这个原因不让刊发，所以我没对你讲实话。我原本想说我叫鲁新船的，但是见到你的时候没注意，又说了我叫鲁大，好在你也没在意噶。”

鲁大说完有些口渴，再倒酒，发现瓶子已经空了。洪童又叫了两瓶，一边拆着包装一边消化着鲁大刚才说的话。

“唉，鲁师傅，《走进平房》就是个社区报，其实也没什么人看的，你知道吗？我其实可以帮你想办法推荐给……”洪童本想再承诺些什么，却又忽然停下来，似乎是觉得此刻的自己并不具备承诺的能力。

“不要紧的，乡级报纸在我们那点已经很好了。而且你这个报纸编得很好，把乡里面的建设报道得很细致。你这点发的诗那都是大诗人的诗，我们新船也没有名气，确实是够不上的。”

洪童刚才对鲁大解释过领导因为“搜不到鲁新船”而叫

停这件事，现在深感懊恼，愤愤地又干掉一杯酒。

“没事的，洪编辑，你喜欢他那首诗，我和他说了，说我们平房乡的大编辑洪童都说他写得好，他还想闹哪样？他很高兴，真的，洪编辑，不必在意的。”鲁大又安慰起洪童来。

“你和他说了？你说没说这首诗要发？”洪童抬起头来问鲁大。

“说是说了，不过真的没关系，我想他肯定也是理解的。”

洪童深深地叹了一口气，他原本以为吃一顿饭足够把自己的理亏扯平，但现在他又觉得远远不够。

“洪编辑，诗发不出就算了，车位你还是可以拿去的，都是为了孩子，没关系的。”鲁大完成了“坦白”后似乎释然不少，语调也轻盈起来。但洪童只是摇了摇头，想对他解释，又没了力气。

“你小孩是做哪样的？”鲁大见洪童始终不说话，便问他。

“我儿子他……做生意。”洪童迟疑了几秒，最后还是说了个笼统的词语。

“做生意好噶，怪不得能在我们小区买……”

“他卖红豆饼的。”鲁大话还没说完，洪童忽然打断了他。

洪军大学是学设计的，原本在一个建筑公司上班。这公司并不好进，不少的项目都是修桥、修路，各种颜色的收益都很可观。而就在洪军已经算混出点名堂时，忽然一声不响地辞了职，说要去卖红豆饼。“我就是个做设计的，而且我酒精过敏，但不喝酒真的没办法，我受不了。”这是洪军的理由，在洪童看来实在荒唐。“卖红豆饼你读什么设计？我的儿子酒精过敏？真他妈绝了。”他每每说起都一脸不屑。

唾手可得的大好前程毁于一旦，洪童自然是气愤无比，也没有妻子在场调解，从此和儿子产生了嫌隙。洪军也说过，自己对卖红豆饼有很好的规划，先从平房乡当地的大商场入手，慢慢做出名气了再扩张出去，最后搞加盟，收入只会比以前更多。

“小商小贩。”这是洪童对红豆饼事业的定论。

若是一帆风顺倒也罢了，洪军显然是低估了市场的错综复杂。酒是不用喝了，烦恼却丝毫没有减少，发展的过程里遇到了极大的阻力。已经折腾了好几年，还是只有两家很小的档口店，名气也不算大，距离搞加盟还很遥远。坐吃山空的压力成了洪军人到中年的主题曲，真要说起来，来自爸爸的打击还算是最小的痛苦。况且洪童是懂道理的，平复心情后也曾经发表过支持洪军的言论——“希望你有一天能把你的计划都实现，到时候我绝对给你道歉，真心诚意地为你叫好。”

“好吃不？”鲁大忽然问洪童，洪童一下还没反应过来他指的是什么。

“你娃娃卖的这个红豆饼，好吃不？下回你给我一个，我也尝尝看噶。”

洪童忽然意识到自己好像从来没仔细尝过这个红豆饼，儿子过来看他时总会带一些，但每每吃起来总是夹杂着愤懑，具体是什么味道反而忘记了。

“也就那么回事，太甜。”洪童说。

鲁大的手机响了，他看了一眼便递给洪童。“你看，又写来一首噶。”

这是一首现代诗，叫《最后一个鼓掌的人》，看内容是鲁新船写给自己失踪的父母的。洪童看完以后感到有些压力，因为从诗里来看鲁新船明明就把自己要在《走进平房》上发表诗这件事当真了，显然是已经期待了起来，竟然提前发起感慨。

回家的路上洪童没有骑车，醉醺醺地漫步在熟悉的小路上。他反复回想着鲁新船的诗，他不知道最后一个为鲁新船鼓掌的人到底是不是他那不知踪迹的父母，但他知道，第一个为鲁新船鼓掌的人，一定是鲁大。

已经是春节前的最后一期《走进平房》，洪童坐在办公室的角落里晒着难得一见的冬日艳阳，电脑在一旁开着，他在等一个电话。

“洪老师，您这是从哪里招来的神仙啊？”小刘的电话一打过来就如此问洪童。

“怎么啦？我混了几十年了，还不许我认识个神仙？”洪童明知故问地笑着。

“嘿，您这话说的！老陈说区里打电话过来，说上面有人点名表扬我们平房乡的诗人鲁新船，要把他作为百姓文化建设的典型塑造！您可真行！洪老师，这鲁新船和您什么关系啊？”小刘小声而谨慎地说着。

“没什么关系，我是他粉丝。老陈还说什么了？”洪童轻描淡写地说。

“老陈说既然上面有想法，就让您看看情况，版面可以多给一点，全面报道一下。实在不行我找找我弟，再来搞个采访什么的。”

“采访就不必了，人家低调，其余的我处理吧！”

洪童挂了电话，双脚往墙上一蹬，把椅子滑到了办公桌前。电脑屏幕点亮后，是他早已准备好的一整版内容：“我仅有的忧愁——青年诗人鲁新船。”

这一整版里包括了对鲁新船作为“平房乡居民”鲁大的亲属的介绍，还有六首洪童精选出来的鲁新船的诗。另外洪童还找了些老朋友为鲁新船的诗写了评论，虽然不是什么知名评论家，但也足够了。右上角有一张鲁新船的照片，是洪童找鲁大要来的。鲁新船的样貌一看就知道是鲁大的孙子，黑黑瘦瘦的，眉眼的轮廓和鲁大如出一辙，但多了些清朗和秀气。照片里的鲁新船拿了个笔记本站在村外的河边，很不自在地看着镜头，露出青涩的笑容。和鲁大一样，鲁新船的牙也不甚美观，洪童还请兼职美工的小年轻在电脑上把他的牙处理得更白了一些。

洪童这次很有干劲，一字一句地校对了好几次，因为他确信这一期《走进平房》和以往都不同，这一期一定是有人看的。他想象着那个自己从未见过的男孩，把这份报纸展示给身边的人们，骄傲地说："我早跟你们说了噶，我是一个诗人。"

与此同时洪军回了微信，说"好"，这是回应洪童上午发给他的，"明天去印刷厂，要送点你的饼给他们，我晚上来拿，多装几张你的卡片，包漂亮点。"诚如洪军所说，爸爸是个骄傲的人。洪童没办法这么快地改变自己，像鲁大一样成为第一个鼓掌的人。

但他确实是个骄傲的人，他也不要当最后一个。

当我的名字要从这里走到那里，你们又在哪里？当我的歌要被远方的人唱起，你们是否会听见那一座熟悉的老山，回荡在旋律里？如果有一天全世界都看见我的诗句，你们是否会一样有兴奋的感应？如果有一天全世界都为我鼓掌，我愿意等待人群散去，我要看在最后的、最后的角落里，最后一个为我鼓掌的人，会不会是你？如果真的是你，会不会就是你爱我的证据？

——《最后一个鼓掌的人》诗人鲁新船

镜中鹅

五十七岁的郭建新在清晨出发去广西，老婆尚在熟睡，一只鹅在院门口目送他。车在村道尽头消失，那鹅终于回头进院，对着窝棚边的一面镜子蹲下，就此不动。他可以一直如此看着镜中的自己，直到正午，直到深夜。

一

去广西的前一天，郭建新要先去接一只鹅。在偌大的北京城里找一只鹅不算难事，况且郭建新对于品种也没什么要求。但这一只鹅郭建新找了多久，他自己都记不得了。首先他要找的不是一只烧鹅，亦不需要成为烧鹅的可能性；其次他不需要小鹅苗，他需要一只十岁至二十岁之间的成年鹅，公母倒是不在意，反正也不是为了繁育。他还需要这鹅与人一同生活过，群体圈养出来的木讷之辈是无法达标的。如果这些都能满足，还有最后也是最难被人接受的一项：试养三天，不满意就要退货。

难吗？闻者皆说：难！

鹅来鹅往，能顺利进入郭家试用期的仅有一只，还不到半天就被退货。那鹅大摇大摆地在院子里转悠，叼食几片地上的菜叶后率先拉出一泡屎来。随后这院子的正主从屋里出来了，那新来的鹅始终高昂着脖子——在鹅界无异于竖起中指，毫无一丝示好的态度，即便被正主啄打了几下仍不悔改，甚至变本加厉地要去抢占那正主的窝棚。窝棚边的镜子见证了正主对自家领地的捍卫，新客人负伤走掉，郭建新因此在退货时费了半天口舌才勉强要回了一半的钱。这鹅是远方亲戚帮着从朋友处寻来的，郭建新如此也搞得那亲戚下不来台，后来也不再帮忙了。

院子的正主是另一只公鹅，自小来到这院子已经二十五年。二十五岁的鹅已近晚景，能打赢新来的入侵者全凭一口骄傲的老鹅真气，不客气地说，这真气已是用一口少一口。

郭建新的车常停在院门口，也不知从什么时候起那鹅总爱直愣愣地面对着车门发呆。这是想出远门吗？郭建新花了一个月时间才弄明白它原来是在对着车门的金属漆面照镜子，事实上它会在任何镜面前停留——车门、水池、地上的铁盆……郭建新索性直接在它的窝棚旁竖起一面玻璃镜子，那镜子可比车门清晰多了，鹅从此不再出去，每日蹲坐在这面镜子前左摇右晃，找一个优雅的角度。

这只热衷于照镜子的鹅并没有大名，一定要说的话或许叫作“郭的鹅”。

这次是村里邻居介绍来的机会，北郊的一个村子将要拆迁，其中一户人家打算去城里置业，剩下三只无法处理的鹅。鹅与猫、狗不同，猫、狗能顺利住进城里的公寓楼，鹅却困难。鹅没有膀胱，直肠子里的屎尿来去自如，任它再通人性也敌不过生理上的构造，单独这一项便无法被接受。

郭建新听说那人也和他一样把三只鹅养在家中院子里伺候着，颇为合意。原本想从广西回来再去挑选，谁知这三只鹅还挺抢手，刚联系上对方就被告知已经被要走了两只。郭建新被迫赶在去广西前跑了一趟北郊。

虽然由南向北跨越了北京城，但北方的乡野总是相似，接鹅的村子和郭建新家看起来没太大区别。唯一不同的或许就是这里已经被命运的手指选中要成为厉害人物们开会的地方，很快就会修起那种有反光玻璃的、造型诡异的建筑。村里人的脸上此刻都流露出一种将喜未喜的表情，谨慎地等待着老天爷怜悯的兑现。

“老王家是可怜哦，”路边嗑瓜子的人在感叹，“就规划到他家门口那条路，其实也就是多个二十米的事情，我估摸着在地图上也就一个指甲盖的距离，嘿！运不好。”“运不好？我看是命不好，空欢喜一场。去庙里拜拜吧，要不找人算算。”另一人补充道。郭建新要找的人叫王也庆，找到他家院子才明白过来，他就是那个老王。

“抱歉啊兄弟，今天刚知道消息，我们家不拆了。”王也庆把郭建新带进院子里坐下，拿大瓷缸给他泡了茶。一只大鹅围绕着郭建新对他发出低吼，或是抗议他进入了自己的领地。那鹅羽毛白净、脖颈俊美、身躯健壮，只看一眼就知道是个富养出来的小伙子。王也庆家看起来条件普通，水泥墙壁四处掉皮也没有要修的意思，水管下摆着的瓷盆是八九十年代流行的款式，院角木桌上的麻将牌面都已经掉漆、发灰，家具也都是摇摇欲坠的老物件，距离成为古董还差个百八十年，正是最无价值的时刻。在这院子里富养一个人是远远不够的，但富养一只鹅看样子倒还可以办到。

“那怎么着？鹅是不卖了？”郭建新看上了这只鹅，遗憾地问。

“这不是跟您商量嘛，本来三只鹅都养了十几年了，已经抱走两只，就剩它了。”王也庆指着那只鹅说，“二条，别跟这儿晃，自己玩去。”这是一只三花鹅，脑袋顶上有两道黑色的印记，叫“二条”可谓鹅如其名。“嘿，这倒霉催的！它们仨里就数它最衰，一万和三筒我都经常和，唯独二条，自从有了它我就没和过二条。现在好了，一万和三筒倒是送走了，剩了这个倒霉蛋子。”王也庆兀自笑起来。郭建新也乐了，想象着那一万和三筒会是个什么相貌。

“您也养鹅的吧？那我也不跟您兜圈子了。”王也庆说。郭建新一听这开场白便知道自己终究是白跑了一趟。

“您肯定也知道鹅和人是有感情的，我们既然不搬家，二条我是不打算卖您了。坦白说一万和三筒我也想去要回来，能不能要得回来咱另说，总之我是这个态度，您多包涵！”王也庆一边说一边从里屋拿出一个早已备好的袋子来递给郭建新，“您这一路也够远的，虽然这个事情它比较突然，严格来说也不赖我。但我也不让您白跑，您拿着！”袋子里装着一瓶矮口陶瓶款的二锅头，这是郭建新和老友常喝的酒，看着颇为亲切。

“这可不行！”郭建新自然是婉拒了。“人家不要就不要呗，你拿回来放着。”女主人的声音从里屋传来。“我说给您拿着，您就拿着。”王也庆又把酒强塞进郭建新的手里，声音也随之大了起来，同时却对着郭建新挤眉弄眼，郭建新反应过来那声音或许是大给女主人听的。“人不坏，就是抠搜惯了。”王也庆指着里屋小声说。“我抠搜？你以为你就不是倒霉蛋子？还真觉得自己发了？穷大方！”里屋如此回应，显然也是积攒着拆迁未遂的怒火。王也庆脸上一红，没再多说。

王也庆还客气地留郭建新吃午饭，郭建新连连摆手。正起身要走却瞄见后门外停着一辆车，那车的颜色激起了郭建新的兴趣。

“开出租的？”郭建新问。王也庆点了点头。

“嘿！我也是！”郭建新一拍大腿。

这顿饭终究还是吃了。

严格说起来郭建新已经从出租车行业退休了一些日子，和许多老师傅一样是因为老腰作祟。老师傅相见聊的自然都是路上的事情，行业的兴衰、各公司内部的闲言碎语、出车遇上的奇葩往事……路上的事情总是精彩，但听多了也无味，况且初相识的两个人话也说得浅，不算特别尽兴。王也庆比郭建新岁数小一些，刚满五十，也说起自己有退休的打算，却又被媳妇在一旁阴阳怪气地讽刺了一顿。“不能怪她，这事情落谁头上都不好接受。大家都是一辈子抬头不见低头见的，都一个德行，一转头人家挣了大钱，我们还这副模样，肯定有落差。”王也庆吃完饭把媳妇哄去了邻居家玩牌，悄声对郭建新说。

“我这人啊，一辈子不做亏心事，但运气总是差那么一点。”王也庆显然也是失落的，“年轻时还琢磨着弄点什么，到头来还是开……”意识到郭建新也是开出租的，王也庆咽下了后面的话，“您瞧瞧，这次就差了这几米。”他怔怔地望着门口的那条小路。

“兄弟，下午得空吗？”郭建新忽然问道，“别的我不知道啊，您家里的事儿您得自个儿琢磨，但您这两只鹅咱得去要回来。”

“怎么个意思？”王也庆来了兴趣。

“鹅和人一样，不能就这么给拆散了。”郭建新说。

接走三筒的是王也庆住在隔壁村的表亲，好沟通好说话，不到半个小时就把鹅接了回来。接走一万的那户人家住得远，车开了一个小时才找到地方，谁知对方见王也庆要得急突然就坐地起价，要王也庆再加一笔钱才能把一万给买回去。对方说了一堆有的没的，王也庆竟然还被说动了，刚打算掏钱，却被郭建新按住了手。

“你认识吗？”郭建新轻声问王也庆。

“不认识，我儿子网上找的。”王也庆耳语回答。

“妈的，不要了。”郭建新啐道，随后低声对王也庆说，“去把车着上。”王也庆心领神会，悄悄退到路旁假意要走。郭建新蹲下摸了摸一万，趁人不注意抱起鹅就跑。抱鹅本是个技术活，好在郭建新二十多年的鹅并没白养，一手抓脖子一手夹肚子稳稳当当地连迈几个箭步就蹿进了车里。王也庆只在一脚油门间已将空挡换到一挡再换到了二挡，出租车在小路上绝尘而去。

“兄弟你这几下不错啊！我比你小七岁，我是已经不成了。”王也庆把着方向盘赞叹道。

“我也就年轻的时候当了几年兵，底子好点。哎哟！说不得！”郭建新的老腰一使力又犯了病，在后座斜斜躺下，一边疼得龇牙咧嘴一边哈哈大笑。王也庆也笑得欢畅，等郭建新缓过劲儿来了两个人在车里击掌相庆，回去后七嘴八舌地把事情学给王也庆媳妇听，听得她一边苦笑一边摇头。转头间她去里屋拿出个铁罐子给郭建新泡上了一杯私藏的高茉，随后话也没多说就去给三只鹅弄吃食了。王也庆对此很满意，他知道媳妇心里很疼这三只鹅，现下算是认了郭建新这个朋友。

“晚上咱们出去吃，我得好好谢谢您。”秋日的天色已暗，三只鹅重聚在院里追逐打闹，王也庆又穿上了外套。

“晚饭真不行，我明儿一大早的飞机去广西。”郭建新连忙摆手拒绝，“等我回来怎么样？今儿我开车了也没喝酒，您给我的这瓶牛二我先放在您这儿，等我回来咱哥儿俩把它消灭了！”顺手又把那瓶酒给回了王也庆。

“得嘞，那等您回来吧！”王也庆这次没再强求郭建新把酒带走，愉快地答应了。

“去广西是旅游去？”王也庆问道。

“不是，去看个朋友，也是个倒霉蛋子。”郭建新笑着说。

二

原本老婆要与郭建新同去广西的，但约好要托管鹅的邻居临时有事不能履约，郭建新只能独自前往。叫来的网约车后排宽敞舒适，老出租车司机郭建新坐得五味杂陈。他也很久没有坐过飞机了，充满金属感的机场对他来说只剩下在接客区排着队小睡的记忆。临飞前才想到该买点烟酒带去，一看价格却发现比超市里要贵出不少，索性作罢。

从北京飞广西北海的航班每天只有两班，要飞上三个多小时。北京这座城市近看时繁华而热切，可当飞机缓缓离开地面，眼前只浮现出荒漠般的北方大地。那些在地上看着高耸入云的大楼此刻也都渺小了，与云层还相隔着不可触摸的距离。每日奔波的道路在天上看起来如毛细血管般徐徐蠕动，谁先谁后，谁快谁慢，谁抢了谁的左转道，已看不出分毫端倪。但无论荒凉或富饶，冰冷或热烈，这里都是家。

于大雪便是看着这样的景象离开北京的，他怎么舍得？郭建新望着窗外的云海，双层玻璃在云海里隐约映现出老友的面庞。

郭建新认识于大雪有多久了？十岁到如今五十七岁，四十七年了。按于大雪的话说，他和郭建新除了生孩子之外所有的事情都一起做过。

于大雪和郭建新同属龙，但一个龙尾一个龙头，于大雪几乎小了郭建新一整岁。于大雪八岁那年和妹妹一起过继到郭建新他们村里，起初是和他相互殴打，于大雪被打掉一颗牙后两个人反而成了亲密的朋友。于大雪的确是个倒霉蛋子，父母早亡不说，小叔家对他和妹妹这两个成分不纯的孩子也没什么好脸，混乱年代里甚至都不给一口饱饭吃。于大雪只能在地头蛇郭建新的带领下四处偷些吃食，不敢带回家时便带着妹妹一起到荒地里生火现做。于大雪的胆子比郭建新小多了，老鼠、爬虫、大泥鳅什么的一概不敢吃，有任何好吃的东西都只知道拿来拌面。这样的人最后竟然还去了南方，郭建新每每说起都苦笑。

这两个人连住家都只相隔数十米，早已如同异父异母的兄弟。也短暂地分开过几年，起因是郭建新去当兵了。于大雪这人平足外加近视眼，想当兵也没当成，读书也不行，只能出去混。起初是在木厂里拉大锯，郭建新去看过一次差点没把肠子呛出来，细碎的木屑漫天飞舞，像一场大雪。后来郭建新在部队里学会了开车，转头便回来拿木厂的卡车教给了于大雪，算是让他有了一技傍身。

退伍后，郭建新想学人家下海，兴高采烈地要来了于大雪一半的积蓄。本想带着兄弟一起发财，谁知脚尖还没踩到海水就被人骗得血本无归。那时恰逢郭建新要娶老婆，于大雪二话不说把另一半积蓄也拿给了他。据于大雪自己说，郭建新和老婆从前偷食禁果的夜晚便是他给放的风，似乎也因此有了一种要为此负责到底的使命感。

“你看看你干的这些事！怎么好事情就永远轮不上你？”于大雪后来也娶妻了，妻子常常如此感叹。“你懂什么？这叫‘吾道一以贯之’。”于大雪从报纸上学会这句话后常常不分场合地胡乱使用。“贯你的臭狗屁，以后可不能拿孩子的钱这么乱来。”妻子此时往往会嗔怒着轻拍他的后背。

郭建新瞄准时机干起了出租，在当年可谓是纯种的贵族工作。郭建新从大发、面的开到夏利，眼看着衣衫也新了，鞋子也亮了，该还给于大雪的钱也早就悉数归还，另外还悄悄塞给于大雪妻子足足一倍的利息。郭建新和于大雪妻子都劝他也去开出租，但于大雪只因“老板对我很好”这理由始终坚持开着货车。

一九九六年，于大雪跑车途中在外省省道的偏僻处碾上了暗刺，车胎漏气后连人带车一起被劫了。刚刚结过几个月的现账还揣在身上，现金也损失惨重。他瞒着妻子找郭建新借了钱摆平这事。“幸好你兄弟是开出租的，要是跟你一样开大货，你上哪儿借去？”郭建新在酒桌上是这么笑话他的。酒后回村的路上两个人遇见一只大鹅带着一群小鹅在路边走着，四下也没个人，一副幸福家庭的模样。酒意上涌的两个人各自抓起一只小鹅就开跑，一直跑到满脸通红，头晕目眩。这种强度的奔跑甚至已经不像在逃避那个并没有追来的鹅主人，而像是在逃避某种更大的力量，比如命运。二人原本是给各自的小鹅起了名字，谁知把它们一放下地却再也分不清谁是谁，二人又都嫌对方起的名字太俗气，只能笑着作罢。鹅喜群居，两只也勉强算数，两只小鹅从小一起打闹成长，后来于大雪离婚后无暇照料就干脆都养在了郭建新家里。这两只鹅的长相几乎一模一样，起初根本分不清，好在它们自己先分出了高下，其中一只认了另一只做首领，总跟在它屁股后面，于是打头的被叫作“郭的鹅”，屁股后面的叫“于的鹅”。家里人起初也动过乱炖或红烧的念头，养出感情后也都一一打消了。

这一养便是二十多年，二十多年里世界飞速地变化着，郭建新想跟却已经有些跟不上，终于这出租车也慢慢开成了“夕阳产业”。于大雪则始终践行着那句“吾道一以贯之”的箴言，在那个运输公司做了个小官。孩子们各自长大，小叔子中风瘫痪，亲戚朋友们该离婚的离婚，该成家的成家，郭建新成了老郭，于大雪成了老于。

“老郭你自己过来，我哥情况不好。”于大雪的妹妹原本要到机场接郭建新去医院的，郭建新落地打开手机却直接收到了医院的地址。

沿路这座陌生的海滨城市就是于大雪最近几年的生活吧？深秋还穿着拖鞋的人们骑着各式小摩托密密麻麻地穿行在路的两侧，棕榈叶在风里摇摆，海潮声远远袭来，像是老友的召唤。“我和他说你已经落地，他在等你。”于大雪的妹妹又发来信息。郭建新无心再看周身风景，若不是实在不认识路恨不得自己上手去开这辆慢悠悠的破出租车。

“老郭来了！”终于,于大雪的妹妹在走廊外接上了满头大汗的郭建新，大声对着走廊尽头的病房喊着。

走进病房，于大雪已然走了。

四年多没见，病床上的于大雪形销骨立，竟然比从前臃肿的模样还俊俏了些。他的嘴唇微微张开了一点，似乎有一句没说出口的话还堵塞在那里。是什么呢？已经永远无法知晓了。

“我哥没了。”于大雪的妹妹轻轻扶着郭建新的肩膀啜泣，郭建新呆坐在那把属于探病亲属的木椅上，始终沉默。于大雪早年离婚后与前妻已没了情谊，跟了前妻的女儿也直到此刻收到消息才答应过来奔丧。护士说于大雪一直艰难地维持着呼吸，直到听见那句“老郭来了”才走，前后不过几秒钟。坐在那把木椅上，郭建新觉得自己慢慢变轻了，回忆的缝隙中每一个于大雪的身影都被宇宙收回了造物的魔盒中。过去四十七年的生活在此刻坍塌成一个点压在他心口上，他好像一张被巨人踩在地面的纸，足够轻盈，轻盈到可以飞起来，却不得丝毫自由。

于大雪查出肺癌是五年前的事情，虽不是晚期却也只剩些理论上的希望，所谓保守治疗说白了就是等死。随丈夫来北海做生意的妹妹说起她在这里听到的一个段子，说某个来履职的领导也有这病，继任者们都等待他早日退位，谁知北海这地方的空气或是对肺有养护的作用，那领导一干就是八年，至今还活着。这种江湖传闻各地都有，大多时候听听便罢，真信了它把于大雪一家接来北海，实属绝望的选择。

“我不同意！”郭建新对此事的意见非常坚定。“北京什么地方？北海什么地方？北京的医疗资源那儿能比吗？因为一个酒局上吹牛的段子就要把老于接过去？不行！”

“我就问你他这个情况谁来照顾？北京是好，咱能用吗？咱用得起吗？咱是有钱还是有人？”于大雪的妹妹大声吼道。

“去他妈的，老子来照顾！没钱老子挣！没关系老子找！休想接走！”郭建新坚决地说。

“我他妈还没说话呢，你们吵个什么劲儿？”于大雪从里屋颤悠悠地出来调停。

于大雪最终还是随妹妹去了北海，从此再也没回过北京。郭建新面对这件事毫无办法，远远不像童年那般去偷些吃的便能解决的。他和于大雪不过都是大地上最普通的人，口气是不小，但面对命运时并没有丝毫还手的能力。于大雪来到北海后，郭建新和他的联系骤然变淡，对话更多的人反而是于大雪的妹妹，总是旁敲侧击地问她关于于大雪的近况，却一次都没来看过他。老婆数次问他原因，他总是搪塞过去，闭口不谈。后来问得多了终于开口，说自己始终不满意于大雪去广西这件事。但如果留下来又该怎么办？郭建新也说不出个所以然，直到有一天喝醉了才终于坦承是因为恐惧。恐惧什么呢？还没回答便已经醉倒。

于大雪的病情在北海还真有些好转，甚至已经开始和邻居打麻将，可以过上正常的生活。郭建新那段时间偶尔又在家里哼起小调，老婆心里也宽慰不少。没承想于大雪不久前忽然又检查出不知从何而来的败血症，郭建新听说后终于下决心来探病，谁知这病来势凶猛，电话里明明听着还有些精神，转眼间便不行了，探病竟变成了送行。

“你多等等不行吗？你这不是折腾我吗？你他妈癌症都

快好了怎么又得上这病了？你说你怎么一辈子都这么背？你……”郭建新伏在于大雪的身上，往日里的肥肉与肌肉都已经无法触摸，隔着被子也只感觉到冷硬的骨骼。有好多话想说，但一句也说不出口。

“你丫傻……”窗外的潮声淹没了他最后的告白。

暮色下沉，于大雪的妹夫从合浦的珍珠厂赶回来一起办手续，郭建新这才想起来已经一天没吃饭。

“街边随便吃碗面吧。”郭建新说。

“面不好找，吃粉吧。”于大雪的妹妹说。

“一碗面都找不到吗？”郭建新在病房里面对于大雪的遗体都不曾流泪，此刻却突然哭了。直到这一刻郭建新才明白过来于大雪终究是到了异乡，任这里风景如画空气清新，这都不是他于大雪的家。一生最爱吃面的于大雪在这里过得到底好吗？郭建新可以斩钉截铁地说，不太好。他太了解于大雪了，他是于大雪在这世上最后的发言人。

三

“后悔不？”王也庆喝下一口酒问郭建新。

“后悔啥？”郭建新抬头看着他。

“你这兄弟临走前这几年你都不带和人联系的，人心里指不定有多难受。”王也庆说。

“不至于的。”郭建新转过头去。

这是郭建新和王也庆第三次喝酒，还是在王也庆的小院里。那三只鹅已经接受了郭建新而不再吵闹，尤其是被他抢回来的一万，时不时还上前来蹭他。这次郭建新没开车，是坐地铁转公交再转黑车来的，显然是做好了喝多的准备。他把于大雪的事情讲给了王也庆听，自认是倒霉蛋子的王也庆听到于大雪的故事也只能甘拜下风，连他那刀子嘴的媳妇也在一旁时不时发出“哎哟”“怎么会这样”的感叹。

“郭叔，我听我爸说了，这一杯谢谢你把一万和三筒给救回来。”第五次喝酒恰逢王也庆的儿子回家休假，也一同加入了进来。

“你女儿多大来着？”王也庆悄声问郭建新。

“滚一边去，人都在备孕了，少打主意。”郭建新借着酒意笑骂道。

“嗞！那你到时候可要记得请我啊。”王也庆用极小的声音说，怕被媳妇听见，“我给包个大的！”

“还真是会照镜子嘿！有意思！”记不清是第几次喝酒，郭建新在老婆的撺掇下终于把王也庆邀请到了自己家里。郭建新很久没带朋友回来喝酒，老婆暗喜着忙里忙外地张罗晚饭，王也庆和郭建新则在院子里逗鹅。“这是为啥？臭美吗？”王也庆被那鹅的行为逗乐了。

“谁也不知道，就它知道。”郭建新像个要求孩子在亲戚面前表演节目的老父亲，美滋滋地在一旁笑着。

“你都不知道？”王也庆问。

“不知道。”郭建新回答。

但在四个小时后郭建新又喝醉了，他说：“我其实知道。”

郭建新拿出手机打开相册给王也庆看。“以前有两只鹅，一只是老于的鹅，一只是我的鹅。”“但是呢，有一只死了。”往后再翻，照片里的鹅忽然就从两只变成了一只。

“哎哟！”王也庆惋惜。

那鹅是三年前死的，死因至今还是个谜，或是寿终正寝，或是得了什么怪病。它伸长了脖子倒在院子的角落里，它的同伴蹲坐在它身前不远处“嘎嘎”地叫着。鹅的叫声本就有些刺耳，那日的声音里还多出一根极具悲痛的针，穿刺进闻者的鼓膜里，直达头脑深处。

带尸体去兽医院检查或能确定死因，如果真是什么病症也好为活下来的做预防。但郭建新回家目睹这一幕时整个人脑子都乱掉了，作为男性他觉得自己该镇定，但一股沉闷的气憋住了他，让他无法思考。他不愿让家人看见这一幕，慌乱地抱起尸体就出了门。那鹅被迅速地埋在村边的一棵树下，那棵树正对着小河沟，是两只鹅最爱的玩耍之地。一身大汗，土已经夯实，郭建新甚至都没有一次正式的告别。三个月后，家里人都已慢慢接受了这件事，郭建新第一次发现了在院门口对着车门矗立的另一只鹅。

“你们都说我不和老于联系，我其实也有联系的。”郭建新打开自己和于大雪的微信聊天页面，过去几年的聊天记录完整地保存着，一大半都是图片。这次连郭建新的老婆也凑上来看，显然她从前并不知道这件事。

郭建新每隔几日就发一张鹅的照片，于大雪的回复也总是简单，“帅”“太肥了”“好看”“少吃点”，几年来甚至还有不少重复的回复。翻回到三年前的聊天，郭建新对于大雪说“我那鹅死了，不知道怎么回事”，于大雪没有后续回复，想必是直接打来了电话。

“老郭！你不是说死的是于大雪的鹅吗？”老婆看见后在一旁惊呼。

“是不是不愿意让他知道？”王也庆思考了半晌说。

郭建新没说话，似乎是又陷入了那些聊天记录中，一条一条慢慢地翻阅着。

“老王，我们这俩鹅和你的鹅不一样。”郭建新缓缓开了口。

“它们吧，都是公的，一边儿大，没什么花纹，没什么特点。坦白说我和老于养了二十多年也没认清楚它们。那我们怎么区分呢？就是这俩鹅总有一只在前面，一只在后面。在前面那只是我的鹅，在后面那只是他的鹅。一直以来就这么区分的，也没想过做什么记号，好像觉得一辈子都能这么区分。”

“那天我回家以后直接就蒙了，我寻思这他妈到底死的是哪一只鹅？就剩下一只鹅了，这只鹅是在前面的那只还是在后面的那只？完全分不出来。我叫‘于的鹅’，那鹅就冲我过来了，我心想老于的鹅活着，死的就是我那只，谁知道我叫‘郭的鹅’，那鹅还是冲我过来。”

“所以你们知道我当时面临什么情况吗？你们都无法想象，真的。”

“那个情况就是——我说是谁死了，就是谁死了。”

“所以……”郭建新指着老婆，“我跟咱家说是老于的鹅死了，跟老于说是咱家的鹅死了。”郭建新老婆在一旁瞪大了眼睛，一时不知如何回应。

“我原本还想这能行吗？结果你看你们谁都没发现，于大雪直到死了都没发现。”

“按理说，这鹅都二十多了，瞧它兄弟那样也不是个长寿的命，没几年了，其实不必再找个伴。”

“但我发现它照镜子这个事情吧，好像也不是像咱以为的是因为什么自恋，我怀疑它也不知道自己到底是谁，到底是走在前面的我的鹅，还是走在后面的老于的鹅。”

“所以我寻思再弄一只回来吧，也许再来一只它就能知道了。我也能知道了。”

王也庆和郭建新的老婆一同看向了院子里的鹅，那鹅仍在照着镜子，时不时用喙轻啄镜面，发出“嗒嗒”的声音。一只生命将尽的鹅真的能认出自己的长相吗？如果能……如果不能……它在镜中痴觅的究竟是什么？它保持沉默，无意回答。

“你早说啊，老郭！我回头把一万弄过来跟它处处，要是能处好我就给你了，反正我也还有两只。”王也庆端起酒杯对郭建新说，说罢便要饮下，郭建新一把按住了王也庆的手。

“我先干。”他说。

月光如水，浸润着院子里那只鹅的白羽，清风拂过远处的河沟卷起似有似无的声响，传入一双酒醉的耳朵，好似远方的潮水。

没有光的房间

苏梅小时候在山里生活，她喜欢在傍晚时分看天，随着日色与夜色的浮沉，繁星一点点涌现出清晰的轮廓。她似乎从小就知道这样的道理：那些发出微光的东西会隐遁于白日中，非得等到一切都暗了，才能被人看见。

十几岁进城，到现在已经二十多年，苏梅遇见的人比星星还多，多到眼花缭乱，多到常常忘记自己忘掉了谁。但她一生都不会忘记张井禾。第一次见到张井禾时，他在十八楼的窗口对苏梅挥手。

“这家男主人可真傻。”苏梅心想，“就这么挥手，谁知道你在哪一户呢？”

在张井禾家里，苏梅是个乙方，负责打扫卫生和做饭。

张井禾从前和苏梅的交流很少，工钱和生活上的琐事一般都是女主人做决定。苏梅见证了张氏夫妇从新婚燕尔到分道扬镳，或许她是第一个意识到这段婚姻要破裂的人，比两个当事人还要早。也正如苏梅所预料的一样，张井禾离婚后便辞退了她，他说一个人过日子也没什么需要打理的，不必再请阿姨了。

原本以为与这个家的缘分就此结束，谁知过了一年多苏梅又接到张井禾的电话，客客气气地把她请了回来。不仅请回来，还把她从兼职变成了全职。张井禾是个做广告的，平日里虽然沉闷，真说起话来是一套又一套，说什么苏梅是他唯一信任的人，对家里也熟悉，家门的密码也能放心交给她。苏梅说不过他，加之价钱也出得慷慨，便同意回来，还因此推掉了另外几家工作。苏梅起初猜测张井禾是不是有了新欢？或许新欢是个要求家里整洁干净的人？或许这次终于下决心要了孩子？但回来后才发现自己猜错了，张井禾依然独居，他身上是有些变化的，却也说不上变在了哪里。

张井禾要求苏梅每天早上来晚上走，可他自己白天都在上班，这房子的主人反倒像是苏梅；他要苏梅按时做饭，自己却很少能按时回家，大部分时候饭都被苏梅自己吃掉，剩下的放进冰箱成了消夜或第二天的早饭；他的话比从前更少了，一回家就待在一个没有光的房间里玩手机——诚如他辞退苏梅时所说的，家里的大部分地方都因为这种静态的生活而没什么整理和打扫的必要。那他为什么请苏梅回来呢？为什么还要她每天都来打扫、做饭呢？苏梅也不小了，身上的女性气息早被并不轻松的生活洗净，总不会是因为寂寞吧？苏梅又试着猜张井禾的心思。她学了几个从前女主人常做的菜，也没得到什么反馈。

苏梅觉得这一切都和那个没有光的房间有关。

她自认为对这个家是十分熟悉的，但这次回来，发现那个房间像是凭空从屋子里长出来的一样。其实这幢楼里每一个西南角的边户都有这么一间房间——夹在客厅和主卧之间，不算大，没有窗子，阴暗，沉闷。这房间以前被张井禾两口子用作储物间，各类杂物堆到寸步难行，每次找东西都要吸着气从缝隙里挤进去。即便是苏梅这样善于打扫、整理的人，也只看一眼便被劝退。女主人也见不得糟乱如此的景象，从来都把那扇门关着。

如今那房间空了出来，张井禾把它简单布置了一下，放了张小沙发，沙发上铺着毯子。那些关于婚姻和生活的、如山一般繁杂琐碎的物件好像变魔术一样地消失掉，变成一个全新的、几乎从来没有存在过的房间。

那房间的灯很多年前就坏了，张井禾换了好几种不同的灯泡都没办法让它亮起来——节能的、不节能的、球形的、螺纹的、暖光的、冷光的……总之是无论如何都点不亮它，家里的电路也查不出问题，最后终于放弃。现在张井禾习惯了在那个房间里安静地待着，回家就径直走入那片阴影之中，任苏梅再大声地和他说话他也没什么反应。当他要打电话或者聊工作时会从房间里出来，到小阳台上抽烟，或坐在沙发上、饭桌旁。这时的张井禾似乎又和从前没什么不同了，才华飞扬地聊着创意和项目，对领导应对自如，对下属指点江山。挂了电话，张井禾又会回到那个房间里，像一只刚刚还发出尖锐叫声的雏鸟被扔进空旷的山谷，人们猜测它或许还活着，但没有丝毫的声响，只有寂静。

“我记得你弟弟也是四二的脚？这个你拿去给他穿穿看。”这是张井禾第一次给苏梅拿东西。

这双鞋苏梅见过，从前被压在那个没有光的房间的某个角落里，据女主人说是张井禾冲动消费的结果。大红色的鞋面下是淡黄色的鞋底，实在过于闪亮，张井禾为了“显得年轻些”买回来，一次都没穿过。可能因为价格不菲也舍不得扔掉，一放就放了好几年。苏梅把鞋子带了回去，可惜弟弟也嫌这颜色太艳俗，即便知道是名牌也不愿穿出门去。

“怎么样？咱们弟弟喜欢吗？”张井禾问。

“喜欢着呢！天天穿！”苏梅如是说。不然呢？总不能说这鞋不过是换了个地方积灰。

“嘿！识货！”张井禾笑了起来。

从那天起，张井禾总是送苏梅东西。

张井禾平时要上班，周末没什么应酬时就喜欢收拾屋子，每次都能收拾出大包杂物来任苏梅挑选，苏梅实在不愿意挑的时候就硬塞几件给她。家就是个这么奇怪的地方，每次收拾都能找出些新的旧玩意儿，每次总以为滤净了生活的残渣，下次却还能再淘出些什么。男士的衣物和鞋子都给了苏梅的弟弟，前妻留下的便给苏梅拿去穿——虽然苏梅大部分都穿不进去；还有些保养用的就给苏梅的父母，其中最昂贵的要属一台精美的艾灸按摩器，张井禾怕苏梅父母舍不得买消耗用的艾饼，还专门从网上买了一大箱直接发到了苏梅老家。

再到后来，苏梅打扫卫生也束手束脚起来，但凡她盯着什么东西看一会儿，或拿在手上把玩，张井禾未来定会把这东西包好了送给她。起初苏梅还真心道谢，后来心里也有些不快——“你当我是收破烂的呢？”她心里如此想着。但她也没办法去说什么，因为张井禾还在不断地送东西给其他人。上好的袖扣和领带都送给了公司里的小伙子；年会抽奖拿回来的平板电脑直接寄给了老同学当作孩子的生日礼物；离婚时坚持要留下的一幅油画又寄回给了已经回到老家的前妻；快递员也不放过，硬塞给别人两双皮手套。苏梅和楼里的快递员很熟悉，连他也小声问：“你们这是要移民了？”

苏梅起初也没有太在意，毕竟张井禾送的东西都是牌子货，就算是折价卖掉也是笔不小的数目。“城里人，钱多了就这样。”每当苏梅的弟弟翻看起姐姐今天又拿回来些什么时，苏梅都如此总结。

是从什么时候开始意识到不太对劲的呢？苏梅也说不上来，总之就是源于生活里那些微小的响动。水冷亦是鸭先知，如果张井禾的生活是一汪孤独的水，苏梅就是那水里仅剩的一只鸭。

比如，有这么一个绿色的硬纸盒子，中号花盆大小，是女主人曾经买化妆品留下来的。这盒子总是出现在餐边柜的台子上，特别碍眼。苏梅问张井禾里面放了什么，张井禾说也没什么要紧的东西，你收起来吧。可每当苏梅把这盒子收起来，第二天保准又会出现在原来的位置上。苏梅悄悄打开盒盖缝隙看了一眼，里面放着些文件，最上面是一本护照。苏梅再问，张井禾又说："哦！那行，你收起来吧。"苏梅再收起来，第二天那盒子依然像燕子归巢一样回到原位。

如此往复，苏梅逐渐也就懒得再管那个盒子，索性让它留在餐边柜上。

"苏梅，我备用车钥匙在哪里？"张井禾的声音从那个没有光的房间里传来。

"鞋柜右边往下第三个抽屉。"苏梅不耐烦地说。

"哦，好。"

张井禾也不知什么时候养成了这么一个臭毛病：总是问苏梅一件东西在哪里，等苏梅回答了他，他又好像完全没有要去使用那件东西的意思。

"苏梅，我妈来北京看病的病历在哪里？"

"苏梅，我结婚戒指在哪里？"

"苏梅，我老板送我的那块表在哪里？"

"苏梅，我那个装旧手机的袋子在哪里？"

…………

“苏梅，我备用车钥匙在哪里？”

一个循环结束，往往还要重新问起，好像他的目的并不是寻找这些东西，而是在对苏梅进行考核，看她是不是一个合格的阿姨，对家里的情况是否有完全的掌握。

“鞋柜右边往下第三个抽屉！”苏梅气呼呼地站在房门口，房间里的张井禾蜷在小沙发上玩着魔方，一双眼睛莫名地看着苏梅，仿佛他并不知道苏梅为什么要忽然说出“鞋柜右边往下第三个抽屉”这样的话。

苏梅忽然发现，张井禾瘦了，像一盆干瘪的花。

是因为失眠吗？张井禾失眠的问题由来已久，安眠药、褪黑素换着花样吃，始终不见效果。苏梅以前曾很多次在清晨的小区里遇见张井禾在散步，一直以为他是晨练，后来才听女主人说他那是一夜没睡。很多年过去了，难道这失眠的毛病还没好转？好像是的。张井禾也很久没提起老陈、老吕那几个要好的哥们儿了，好像是的。他很久没有买那家他喜欢吃的烧鸡了，仔细回想也很久没有对苏梅提要求说想吃哪道菜了，好像是的。人们都在讨论的那些热映的电影他都还没有看过，他曾经热衷于研究综艺节目里插播的广告，可那台七十寸的电视已经很久没打开过了，好像是的。

好像是的，张井禾不太对劲。

“井禾最近状态不是很好。”苏梅悄悄发了信息给从前的女主人。

“哦？是吗？他怎么了啊？”那边回过来一条语音，背景里全是嘈杂的聊天声。苏梅耐着性子把自己对张井禾的观察都发了过去，那边却就此没了音信。苏梅知道她一定是和那个小白脸儿在一起。果然，直到第二天早上才收到另一条回复：“你还不知道他吗？他就这样。”

这样的废话说了等于没说，如果一定要说苏梅从中获得了什么信息，也只是一个她早就知道的事实：她不爱他了。

“苏梅，我是不是还有条宝蓝色的围巾在衣柜里？你跟他说可别给我送人了，寄给我吧。”

苏梅回她“没找到，应该是你带走了”，后来到衣柜里找出来那条围巾，剪碎了，下楼时扔进了垃圾桶。

苏梅和张井禾毫无血缘关系，或许勉强算有些感情，也顶多是甲方和乙方的感情。但以如此方式紧密相处的人，多少都会被对方影响。苏梅每天都要面对的这个张井禾，无论坐在哪里，都宛如一尊不动如山的黑佛，像一团笼罩在这个家的天空上的、吹不散的乌云。苏梅也开始感到憋闷，仿佛张井禾身上的低气压也传染给了她。

所以当张井禾提出要请人来家里吃饭时，苏梅比张井禾还要兴奋。她一大早就去菜市买菜，备上了几个拿手菜，回家就开窗通风，把屋子收拾一新，还自掏腰包买了一把花。张井禾一再叮嘱苏梅“弄好一点”，她还以为对方是个女人，特意把皱巴巴的旧床单也换成了刚洗好的，却没想到是个男的。

那男人的名字苏梅常听张井禾在打电话时提到，是张井禾很倚重的一位下属，算是嫡系徒弟。果然谈吐举止都不错，还连连称赞苏梅的手艺，做广告的人嘴里都有蜜，说得苏梅喜笑颜开。“你张哥最近工作压力大，你平时多和他吃吃饭、喝喝酒！”苏梅也难得做了一次越界的发言，张井禾在一旁笑呵呵地正聊得高兴，也没说她什么。张井禾和徒弟聊了一会儿家常，饭后转移到了客厅吃水果，等苏梅洗完了碗已经聊上了工作。张井禾从那个没有光的房间里拿出一大包文件来——这看得苏梅一脸疑惑，也不知道那个房间里到底在哪儿藏着这么一大包东西。张井禾语重心长地说起这些文件，是自己入行以来所有项目的留底记录，作为师父，他今天准备正式把它们交给自己最信赖的徒弟。

按照电视剧里的说法，这算是把毕生功力都传给了徒弟，礼不轻，情义更重。徒弟眼圈都红了，发着毒誓说绝不辜负Jonny哥（苏梅总是听成张哥）的栽培。张井禾反倒是一脸镇静，一副领导的模样，拍着他肩膀说：“好好干，我这位子迟早是你的！”

徒弟走了，苏梅把家里收拾干净也准备回家。

“怎么样？还不错吧？”张井禾从那个没有光的房间里出来，倚在墙边问苏梅。

“什么不错？”苏梅不知道他指的是什么。

“我这徒弟，看着还行？”张井禾补充道。

“你教出来的能不行吗？挺好的！人挺真诚，不是那种油滑的。”苏梅说。

“嗯，现在的年轻人浮躁，能沉住气的不多。我选了很久，就是他了，我打算以后让他坐我的位子。”张井禾自言自语地说着。

“你呢？你要升官了？”苏梅笑着问，张井禾没有回答。

“苏梅，我备用车钥匙在哪里？”没过多久，张井禾的声音从那个房间里传来。

要如何才能明白、才能理解这样的一个张井禾？或许需要一个足够细腻的人吧？或许需要一个足够关注、爱惜他的人吧？总之无论如何也轮不到苏梅。那么到底是谁选择了她？是张井禾吗？还是生活本身？没人说得上来。

张井禾有秘密，这秘密他瞒住了家人，瞒住了朋友和同事，却没瞒住苏梅。

这天，张井禾不在家，出差去了。

这次出差有些奇怪，头天吃晚饭时还没听他说起，到了凌晨四点却发信息说早上要走，叫苏梅别来了。苏梅是醒来后才看到信息的，她想起来冰箱里还剩几个奄奄一息的橙子，再不处理就该长毛了，还有刚换下来的被罩，索性洗完了趁他不在时搭在客厅里晾干。于是她还是去了张井禾家一趟，到家时，张井禾已经离开了。

张井禾发来的信息里说要出差半个月，可苏梅怎么也看不出他到底带走了哪个箱子，所有的行李箱都还整齐地码在阳台的角落里。说是去谈项目，苏梅收衣服时却发现他穿走的是一套运动服，衣柜里那一套讲标专用的西装（另两套已经送人了）还安静地挂在原处。鞋柜上的口腔喷雾也没带走。张井禾常年抽烟，加上肠胃不太好，有很重的口气，这喷雾是张井禾不管去哪里工作都要随身携带的。

即使再木讷的人也该有所察觉，这屋里弥漫着一声声无言的呼唤，在某个黯淡的角落里，正发出着一些细如毛发的光。

这个没有光的房间苏梅每天都收拾，但从未像今天这样审视过它。“啪啪”拨弄了两下开关，灯是坏的。墙柜都是嵌入式，装修时就直接做进了墙面里，以前用来摆女主人的鞋包，后来摆着张井禾做过的项目产品。“这柜子里的东西被张井禾送来送去，是越来越空了。”苏梅心想。小沙发摆在墙柜的对面，是张井禾在这房间里的“宝座”——米黄色的布艺沙发，看起来也不贵，张井禾在家的时间里有一大半都在这张沙发上度过，屁股经常摩擦的地方都已经翻毛、起球。这房间不通风，沙发上的小毯子苏梅每周都洗，依然散发出一股浓重的、只属于张井禾的味道。一根很长的充电线在那毯子上像一条蛇一样盘踞着，另一头连在沙发边的插座上。

苏梅第一次坐在这沙发上，果然很舒服，那坐垫已经被张井禾坐出一个凹陷的坑来，仿佛像个有引力的洞一般把人吸附在上面。张井禾平时就是这样的吧？他到底怎么了？确实瘦了不少，不会是得什么了不得的绝症了吧？

起身时，苏梅听到了“吱”的一声，这声音很轻，家里但凡再多出一个人的呼吸声都无法听见。她抬起沙发的坐垫，又抬起坐垫下的木板，原来这沙发坐垫下面还有一个储物的空间——给徒弟的一大包文件原来是放在这里的吧，苏梅明白了。

里面放着三个绿色的硬纸壳盒子，依然是前妻的化妆品盒，和放在餐边柜上的盒子一样。苏梅刚伸手去拿才发现上面全是灰尘，便顺手找出吸尘器和抹布先清理了一遍。苏梅一直算是个本分的人，但她今天打算打开那些盒子。

第一个盒子里塞满了红包，红包里都装着钱。苏梅记得张井禾说过，和前妻结婚时收了数目不菲的红包，不会是它们吧？苏梅小心地抽出来一个，上面写着“恭喜圆圆成为一名小学生，好好学习，天天快乐！”——原来是张井禾打算送给别人的红包。苏梅知道圆圆是张井禾的侄女，但她今年刚满四岁，离上小学还有两年。再抽出几个来，都是类似的内容，“热烈祝贺陈局焕发第二春！”——这人苏梅也知道，是张井禾一个离了婚的好朋友，现在还单着；“劲帆，有你接班，吾心甚慰！”——这是前段时间来家里吃饭的徒弟。最让苏梅动容的是那个最厚的红包，少说也有一万块。红包虽厚，祝福的语言却很简单：“莉莉，恭喜你终于成了伟大的母亲！”

苏梅苦笑了一声，想起来前几天自己剪碎扔掉的那条围巾。莉莉是张井禾的前妻，她现在有孩子了吗？苏梅不知道，也没兴趣知道。

第二个盒子里全是药，一板又一板地挤在一起，五花八门的，少说也有七八种，为了便于收纳都已经被拆掉了外壳。这些药苏梅从未在家里见过：“劳拉西泮”“盐酸舍曲林”“马来酸氟伏沙明”……名字一个比一个奇异，苏梅即便是默念也念到脑子打结。这是为了睡觉新买的药吗？有效果吗？

打开第三个盒子，里面有三张折起来的纸。第一张纸打开时苏梅吓了一跳——开头竟然写着：“苏梅，很抱歉……”看起来那本该是一封写给苏梅的信，但只有开头的半句话，剩下的空空如也，似乎是还没想好要写什么。苏梅感到有些害怕了，又打开了第二张纸，这也是一封信，抬头是：“莉莉，很抱歉要让你承担这些……”苏梅看完了全文直冒冷汗，这是一封遗书。遗书的语气看起来很平静，主要的内容是交代后事，反复说“对不起，我要走了”，却只字不提为何要“走”。

翻开第三张纸，上面记录着张井禾从苹果商店到股票账户的所有用户名和密码。

苏梅吓坏了，唯一让她勉强感到安慰的是那封遗书的落款日期——五年前。

张井禾那时还没有离婚，苏梅也没有被辞退。苏梅拼了命地回想那段日子里都发生过什么足以让张井禾写下这封遗书的事情，回想起来的却只有如微风一般的、温顺的生活。蹲了太久，站起身时有些大脑缺血，一阵眩晕。忽然间，苏梅意识到一件事，这件事让她感到如临深渊般的恐惧。

她忽然意识到，如果张井禾此刻不在了，她几乎可以料理关于张井禾的一切后事——他家门的密码、他的车、他妈妈的病历、他那些保值的奢侈品……这些东西已经根植在苏梅的脑中，如那些曾经日复一日拨打过的电话号码一般，要伴随她一生。

苏梅颤抖着拿出手机打给张井禾，张井禾没接。挂掉电话后苏梅发现在通讯录里“张井禾”的名字下面不知何时多出了一个名字：张井禾妈妈。这电话是什么时候有的呢？好像就是前两天，张井禾说找不到手机了，拿苏梅的手机说要给自己打电话。

苏梅想起来那个餐边柜上的盒子，赶忙冲过去把它打开——最上面是张井禾的护照，护照下面压着他买过的各类保险、公司的项目合同、社保资料、房本。里面还有一个小卡包，每一张卡上都贴着小纸条，上面写着一组数字。

在盒子的最下面，是一本北京安定医院的病历，首诊的时间是四年前。

这病历里苏梅能看明白的东西不多，但“重度抑郁”“严重自杀倾向”却不断重复地出现在每一个角落。

苏梅喝下三大杯水，还是无法平静。

她一遍一遍地重拨着张井禾的电话，依然没人接。他日复一日地把这个盒子摆在家里最显眼的地方，到底是为什么？

仔细想了想，苏梅给张井禾发了一条微信：“楼下的说我们家漏水了。”

两分钟后张井禾就回了信息：“刚没看手机，打电话是这个事情？严重吗？”

“他们说有点严重，他们先自己处理一下。”苏梅说。

“好，我明天回来。”又过了两分钟，张井禾如此回复。

昨天晚上说要出差半个月，现在说明天回来，他到底去了哪里？到底想要干什么？苏梅忍不住地去想，但又根本不想知道答案。

“那我明天做饭吗？”

“做。”

张井禾信守承诺，第二天中午就回到了家。

“楼下怎么说？”张井禾直接进了厨房，问正在洗菜的苏梅。

“你回来之前他们刚刚过来说是暖气阀里漏水，不是我们家的问题。”苏梅没敢抬头看张井禾，好在他也没说什么，只是“哦”了一声，又回到了那个没有光的房间里。“苏梅，家里的水电卡在哪里？”张井禾的声音从那个房间里传来。

“我知道在哪里。”苏梅这次是如此回答的。

晚餐也吃得沉默，苏梅好几次想说点什么，都不知道该如何开口。

“苏梅，我看你状态不太好，是不是有什么事？”倒是张井禾先关心起她来。苏梅被他这么一问还不知道该怎么回应，“哦，也没什么，就是……我弟弟。”苏梅慌乱地应付着。

“弟弟怎么了？没事，你跟我也别见外，有困难我帮你想办法。”张井禾抬头看着苏梅，苏梅的眼神无处闪躲，一时间也不知道怎么把话圆过去。

“唉。”苏梅叹了口气，“我觉得我弟弟最近不太对劲。”

“是不是压力太大了？他们这种高空作业的工作确实容易压力大，实在不行转销售呢？也不小了，老爬那么高装空调外机也不是个事儿。”张井禾似乎没意识到这是苏梅情急之下编出来的故事，还在认真地关心着。

“其实我也不知道怎么回事，他就是……不太对劲。”

“你说说看，我给你参谋参谋。”

“他吧，从前段时间开始，忽然对什么事情都没兴趣了，一回家就把自己关在……”苏梅本想说“把自己关在一个房间里”，却忽然想起来自己和弟弟住的地方是个大开间，根本没房间可关，赶紧改了口，“……就窝在沙发上……跟他说话也不搭理人，以前喜欢上网下五子棋，现在也不下了，以前喜欢吃楼下那家安徽板面，现在也不吃了，就一个人在沙发上闷着，电视也不看，充了好多钱的那个‘消消乐’游戏也不打，整夜整夜地睡不着。”

苏梅一边说一边瞄着张井禾的表情，张井禾认真地听着，在中间某处他整个人忽然停滞了一秒钟，又继续嚼起饭菜。

“那你弟弟……他有没有跟你说过什么，这个……丧气的话？”张井禾小心地问她。

“他经常说在这边打工没意思，又累又不挣钱，还不如回老家。但山里更落后，要说种田也是真的不会种了，就算回去也不知道能做些什么。好像整个人都被社会抛弃了，要不是因为还有媳妇、孩子，干脆死了算了。”苏梅这故事原本是编的，谁知说着说着还说出些真情实感，没忍住，眼圈红了。

“苏梅，要引起重视啊。”张井禾递给苏梅一张纸巾，很认真地看着她说。

“他瘦了好多，我担心他是不是生病了……”弟弟其实并没有瘦，这句话依然是苏梅编的，但苏梅说罢竟一发不可收拾地大哭起来，甚至把她自己都吓到了。虽然在张井禾家干了这么多年，但毕竟男女有别，苏梅和张井禾从未有过任何肢体接触，这时张井禾却起身走到了苏梅的背后，拍了拍她的后颈。

“苏梅，我明白的。你现在压力肯定很大，你辛苦了。”张井禾轻轻地说。

“你说，我能为他做点什么？”苏梅缓过劲来，又问张井禾。

张井禾陷入了长久的沉默，最后说：“人都不傻，自己要是有什么问题，自己一定是知道的。你就陪着他，陪着他就够了。”张井禾认真地看着苏梅的眼睛，苏梅看见了他眼底淡淡的光。

“只是陪着，真的可以吗？”苏梅问，张井禾没有回答。

“要不我和他聊聊？”苏梅追问道。

“我不知道你弟弟是什么样的人，苏梅。但有些人天生可能就不喜欢聊自己的事情，尤其是男人。一个人要是不愿意聊、不愿意面对一些事情，你就不要强迫他。”张井禾说。

“就陪着？”苏梅问。

“对，就陪着。”张井禾坚定地说，“你要相信他。”

生活归于平静，好像雨后的湖面，看起来和从前无异，里面的水却变得复杂了。

也不知道从什么时候开始，每当张井禾舒服地躺在那个没有光的房间里，苏梅就拖着扫帚进来说要打扫，把他赶去客厅；家里的窗帘总被她拉得大开，还破天荒地说要把窗帘全部拆下来送洗；以前每三个月才擦一次窗子，如今却周周都擦。总之这家里再也没有门窗紧闭的日子，时刻都有阳光从不同的角度照进来，遇到阴雨、雾霾天时，家里所有的灯都被苏梅打开。

虽然不知道苏梅是什么星座，但她似乎是遇上了什么倒霉的运势，一会儿痛风、一会儿崴脚，有事没事就使唤张井禾去买菜，宛如这家里的女主人。张井禾对此似乎也没什么意见，也乐于时不时地出门走走，还真像是从前听老婆的话一样听着苏梅的话。

这天，张井禾提前下班回家，撞见苏梅的弟弟也在家里。苏梅愣了几秒钟，连忙说那个房间的灯总坏着也不是个事儿，干脆让弟弟来看看能不能把它一次性修好。

“哥，不是大毛病！你们修不好是属于方向性错误，根本就不是灯泡的问题，也不是线路问题，是镇流器坏了！”

弟弟把灯拆了一半，卸下一个巴掌大小的塑料盒子，自信满满地说着。“就是这个，但你家这型号不好买，你得上网看看，回头把这两根线接上相同颜色的接头就没问题了。”弟弟从天花板上牵出两根电线，指着电线对张井禾说。

“好的，谢谢啊！那我买回来自己弄吧！”张井禾客气地回应他。

“行，特别简单的，哥，要是不会弄就让我姐叫我过来！”弟弟咧开大嘴，憨憨地笑着。

张井禾执意留弟弟吃饭，却只字未提苏梅说的关于弟弟的那些事，还说公司要搬家了，需要换一批空调，问弟弟现在的行情如何。

吃完饭弟弟先走了，苏梅正在洗碗，张井禾忽然悄悄地走到了苏梅身后。

“你弟弟胃口真好。”张井禾说。苏梅听见了，但没敢应声。

“比我上次见他的时候胖了不少呢。”张井禾又说。苏梅回过头来，发现张井禾正似笑非笑地看着自己。

“苏梅，谢谢你啊。”他说。

“没什么，小事情，那房间老黑着也不行。”苏梅知道自己编的故事露馅了，还强撑着想把它圆回来。

张井禾摆了摆手，示意她不必再说下去。

“我不是说这个，苏梅。我是说我那个小沙发下面积了好多灰，你搞得挺干净的。”

苏梅一下子愣住了，想解释几句，却不知如何开口。

“我那次出去……出差回来就看见了。还是你仔细，那么黑的地方，边边角角都擦干净了，那几个盒子也擦干净了。”张井禾的语气平静得有些让人害怕，但似乎也正是这种平静，让苏梅也平静了下来。

“那你是真的去出差了吗？”苏梅终于把这个问题问了出来。

“真的假的你不都已经把我骗回来了吗？我在业主群里问过了，楼下他们……算了，不重要了。你把我骗回来我也该谢谢你。”

张井禾伸手关掉了苏梅身侧那个一直流着水的水龙头，轻轻弹了弹手指上的水渍。

“那你还想……”苏梅试着组织自己的语言。

“我那些东西你都看过了吧？” 张井禾打断了她，“你是要问我还想死吗？想啊，苏梅，我每天都想死。所以……”

“所以？”

“所以，也每天都想活。你理解吗？苏梅。”

“不是很理解。”

“这一秒想死，所以下一秒想活。你一定不理解什么叫想活吧？你只是活着，理所当然地活着……”

张井禾望着厨房那扇狭小的窗外的天空，眼睛里怔怔地流下两行泪水。

“任我想，我怎么也得等老陈再结一次婚，是吧？”张井禾强撑着挤出来一丝笑容。

“是这个病让你想死？”苏梅问他。

“可能也不是‘想死’，只是活着太累了，不是吗，苏梅？太累了。”

“总有个什么原因吧，要不好端端的……”

“别问我，我不知道，我也不想知道！”张井禾忽然大声了起来，“我吃了这么多年的药，就因为不想知道。医生说了，如果不想知道，就只能靠吃药，我同意，我说可以多吃几年药，我已经尽力了……”

张井禾原本平静的身体剧烈地颤抖起来，他一把抱住了苏梅，似乎想借用她的身体来稳定住自己。但那颤抖越来越猛烈，带着苏梅的身体一起震动着，像是一声声沉重的心跳在撞击她。

“我的生活，就是每天都准备去死，也每天都给自己找理由活下去。”张井禾颤抖的身躯里发出了平静的声音。

“没事的，没事的……”苏梅轻抚着张井禾的后背，全然不像是一个打扫卫生的阿姨，也不像是张井禾的爱人，更像是一个抚慰着孩子的母亲。

“我已经好多了，只是偶尔会有些严重，严重的时候真是一秒都不愿意等……抱歉啊苏梅，我原本想自己解决的，但我越来越信不过我自己了，只好把你找来看着我。”张井禾放开了苏梅，一把鼻涕和眼泪都擦在了袖口上，渐渐平复了情绪。

“你找我回来就因为这件事？”苏梅问。

“嗯，是的。”

“为什么是我？”

“你也算了解我的生活，你帮我想想，还能是谁呢？”

苏梅被张井禾问住了——在张井禾的生活里，除了她苏梅，还能是谁呢？

“苏梅，你见过溺水的人吗？我就好像在大海中间溺水的人，我想活，但我已经快没力气了。继续挣扎所带来的痛苦，已经远远超出放弃挣扎被淹没的那几秒钟，至少我是这么认为的。而你呢？你像是一块漂在海上的浮木，虽然你不能把我带到陆地上去，但你可以托着我，可以让我活着。”

张井禾被泪水浸润过的眼里散射出一股流光，来自他瞳孔深处那纯黑色的裂隙之中。

苏梅的脑海里忽然回想起一个非常久远的片段，大概是十年前的事情。那时苏梅刚到张井禾家工作，那个没有光的房间还紧锁着门，张井禾夫妻的感情还甜蜜着。那是一个阳光明媚的下午，苏梅在阳台晾衣服，张井禾抱了一盆花出来。那盆花原本放在客厅的电视柜上，或许因为照料不周，有些枯萎了。

“你是怎么回事啊？怎么弄成这样了？”张井禾用幼稚的声音对着那盆花说。

“你说他傻不傻？和一盆花说话。”莉莉在张井禾身后笑着对苏梅说。苏梅那时刚来工作不久，对于这样亲密的对话还不敢参与，没有作声。

“要我说，你们都太迟钝。”张井禾兀自拿起水壶给花浇水，“别以为花不能出声就是不会说话。”

“花也会不舒服，但是它又没办法告诉你。那怎么办呢？它就乓能枯萎啦。它一枯萎，其实就是在说：‘救我，救我！快给我浇水呀！快给我晒太阳呀！’”

这歪理把莉莉逗乐了，苏梅也跟着笑起来。她心想，这家人还挺有趣的，感情也和睦，或许可以长久地在这里干下去吧。她转头看见张井禾仔细地梳理着那盆花的枝丫，他选了个阳光最好的角落，转动花盆，把几片濒临枯萎的叶子转向面朝太阳的方向。

“没事的，你会好起来的。我听见了。”张井禾说。

苏梅已经很久没有回到山里，很久没有看到过山里透亮的星空。城市的星空散布在楼宇中，那些从密布的小窗里散发出的光，是生命存在的证据。

铁蛋

强子高中毕业就离开了老家，成为一名北漂。虽然是干保安的，但村里的老乡都觉得干保安不丢人，只要在北京就是有出息。强子一度也这么认为，只是随着时间流逝他发现这座城市繁华的那一面从来都不属于他，好像大楼里那些风情万种的女人，能看，却不能摸。

直到去年，强子摸到了那一面。

强子叫郑永强，去年是本命年，二十四岁。超市里买的红裤头虽然廉价，却也带来了事业上的好运气，强子终于更上一层楼，干上了高档小区的保安。

那小区可气派，强子上班第一天就先自拍了一张照片发到朋友圈，照片背景里绿意盎然，花草树木都有姿态，低矮的小楼高贵地错落着，金属路牌镶嵌在大理石墙面里，闪射着村里人从未见过的光芒。村民强子身在其中，穿着崭新的制服，连杂乱的胡楂儿也显得高级起来。

老家的母亲拿这照片四处炫耀，引来了不少人加强子的微信。

“我们家地皮扯了官司，你能找关系不？”有人如此问他。

还有人拿强子当榜样，激励不求上进的孩子们。刷手机的孩子们根本看不上保安这工作，父母指着强子的照片说：“保安怎么了？行行出状元，你看人家郑家老二！”

保安队长也看见了强子发的朋友圈，因此批评了强子。队长说他太招摇，这么拍照会泄露小区的机密。至于是什么机密，队长也说不上来。

队长叫郑有力，比强子大了七八岁。郑有力经常主动为宿舍打扫卫生，自己的衣服、袜子都自己洗，也从不让强子他们小辈请他吃饭，比起强子以前经历过的队长来说，算是个好人。大家都叫他“郑队”，也因此而不敢管郑永强这个同样姓郑的叫“小郑”，不知哪个聪明人先喊了声“强子”，便成了习惯。

小区里大都是低楼层的小洋房，一梯一户或两户。住户不算多，地盘却不小。在这里巡逻要靠电瓶车，强子手上戴着一个环，每骑到一个指定的区域便要找到角落里的信号锁，把手环靠上去，“叮”的一声打卡，便算是证明自己来巡逻过。

强子过去没什么大成就，未来暂时还不敢去想，但此刻，他觉得还不错。妈妈在电话里问强子这份工作是否合意，他说简直是太好了，至少比大姐在广东的厂子里强不少。这里的制服比以前的都帅，关键是让自己报尺码，合身；管吃管住，电瓶车都是新的；伙食有两份肉；连鞋子也是统一配发，不用自己买了，省钱。

广阔的草丛中，栖息着几只野猫。强子觉得这些猫才是这小区里最幸福的生命——自由，潇洒，一分钱不花便能享受这座人类用财富堆积起来的乐园。年初，一部分业主投诉野猫叫春，物业让保安驱赶。强子和几个同事灰头土脸地满地抓猫，一只没抓到还蹭了一身泥。正气急败坏地准备上些手段，上面却又通知他们行动取消。原来还有些业主热衷于喂流浪猫，迅速展开行动阻止了物业的计划。“赶猫派”认为就是因为这些喂猫的人过于“善良”，才导致流浪猫蓬勃生长起来，而“保猫派”则上升到生命权力和自由的高度，让人难以辩驳。

听说“赶猫派”和“保猫派”在业主微信群里打了起来，战况颇为惨烈，广为流传。保安们都好奇这帮成功人士到底是怎么吵架的，具体都说些什么，郑队摇头说不知道。大家又去问了几个物业的小姑娘，也都没人见过，原来大家都不在群里。

唯独那些野猫，它们毫不在意，也并没有参与人类的争执，最后却能如愿留下。

从那以后强子才开始注意到，小区里原来真有许多喂流浪猫的人。他观察了一下，大多是女性，一部分自己行动，一部分带着孩子，大概是想要进行些关于爱护小动物的实践教育。她们爱穿棉布质地的衣裤，步履缓慢，有人习惯在固定的地方放猫粮，有人更愿意在不同的地方放罐头。小区的保洁阿姨们常聚在一起吐槽那些罐头，一方面放久了太臭招苍蝇，另一方面还总藏在些隐秘的地方，不好找。其中一个阿姨不小心说了句“女人何苦为难女人”，被强子听了回去学给其他人，一时间还成了宿舍里的段子。“他们有钱人是没地方发善心了，才喜欢搞这些事情”，有同事如此酸酸地说，是因为上网查到了那些猫罐头的价格。

不管别人怎么说，强子觉得这些人都很善良，至少都有善良的意图。

“可别这么直勾勾地看人家了。我们是保安，你有点保安的样子！”郑队提醒强子。

“郑队，误会了啊！我看她们喂猫呢。”

强子虽这么说，心里却有些打鼓，因为其中确实是有这么一个，怎么说呢？很好看的人。那女人一副雍容模样，或许保养得太好以至于难以判断真实的年龄，约莫三四十岁。她习惯到小区北边偏僻的树丛里放一些猫粮，偶尔和家人一起，大部分的时候都独自一人。强子总想着，如果哪天能和她说上几句话，那可真是太开心了。

可惜这样的机会从来没有出现过。倒是也遇见过几回，可惜强子这样的人在大部分的时候都像树一样——树有生命，树总是在那里，但没有人会和一棵树打招呼。

一日，强子和郑队在小区外围例行巡逻，见大理石围墙下的草丛里有些动静，走过去，竟发现了一只小狗。这小狗的样子惹人喜爱，郑队一手抓起来，左右摆弄了一下，很熟练的样子。

“哟！母的！也就一两个月大，土狗，看这爪子，以后个头儿可不小。”那小狗一身黑，毛不算长，尖嘴长尾大耳朵，灰头土脸，却又一副精神活泼的样子。

“郑队，这都能看出来？”

“能啊！你不懂，狗爪子生下来大小就不变了，爪子多大，个头儿多大。”

“小家伙不错，就是太瘦了，肯定是饿的。”郑队抚摩着小狗，比对强子他们温柔多了。

郑队似乎很懂狗，至少是有强大的理论基础。强子几句马屁拍过去郑队便乐呵呵地说起自己以前在城东的狗市干过销售，这方面自然不在话下。随后又说后来因为自己有点太喜欢狗了，市场经济水太深，自己顺着良心干了些不赚钱的事，因此得罪了老板，只好转换了职业方向。强子想问他到底干了什么，见郑队自己不说，也便忍住了。

“妈的，不提以前了。来！你抱抱。”郑队把狗放到强子的怀里，那狗轻轻舔了一下强子的手，强子感到一阵酥麻，快融化了。

“你说咱们那儿能养下吗？”郑队看着那狗，自言自语地说着。

“郑队，咱为啥要养它？”

“你可真逗，你妈为啥要养你？你懂一两个月大的狗是什么概念？不养就死了！”

“那听你的，养！小区里有那么多遛狗的人，还有那么多猫呢，多一条狗不是啥大事情吧？”强子一边说话一边轻抚着小狗的身体。

“我想想，我们这个……毕竟身份不一样。”郑队沉思着，“算了，管球呢，这也是缘分。总不能饿死吧？有问题再说。”

回去的路上还是强子骑车，郑队在后面抱着狗，不过几分钟的路程，却已经俨然把这狗当成了宝，捧在手上，不让它受一点颠簸。经此一事，强子感到自己和郑队的关系被拉近了，却也说不上为什么。

两个人如做贼一般把小狗藏在外套里，带回了小区会所旁的保安宿舍，保安们七七八八地围过来，狗被吓得躲到了床下。郑队撅着腚从床下把狗掏出来，露出了半截儿内裤，内裤裤腰的松紧带已经断掉了，卷着个边挂在皮带上。保安们憋着笑，郑队一脸严肃，勒令大家不许声张关于这狗的事情。

“郑队，给它起个名字不？”有人问。

“我路上早都想好了，就叫铁蛋。”

“郑队，人家是个母狗哦，叫铁蛋……你能整个好听点儿的名字吗？”

“那你说该叫个啥名字？”

“爱丽丝，咋样？”

“爱你妈的丽丝，你个假洋鬼子！就叫铁蛋了，我还不信母狗不能叫铁蛋，偏要叫铁蛋！”

“铁蛋，铁蛋……你看，过来了！人家听懂了！”

因为铁蛋，强子见到了郑队细心的一面——专门去买了奶粉和肉肠，仔细泡好后切碎了拌在一起给狗吃，嘴里还嘟囔着幼童般的话语，威严全无。铁蛋半夜离不得人，否则总是哼哼唧唧扰人睡觉。郑队为此不惜动用私权，叫一个睡下铺的和强子换了床，让强子抱着狗睡。

“我们铁蛋，很有性格。”养了两三天后，郑队如此下了结论。

铁蛋的“有性格”主要体现在它听不懂人话上，严格说起来，所有的狗都这样。每当说“来抱一下”，铁蛋便躲起来玩捉迷藏；每当说“不理你了哦”，又跑出来黏在脚边；每当威胁它“再乱尿就揍你”，它便站立原地尿上一泡——它早识破了这些臭男人，它是队长带回来的，没一个敢真揍它。

“铁蛋撒尿咋不抬腿？”有人问。

“没文化，人家铁蛋是母狗！”郑队又好气又好笑地说。

郑队当然喜爱铁蛋，按保安们私下胡说的成语，叫“视如己出”。可惜郑队自己确实太忙，忙了些许时日才发现，铁蛋好像已经把强子认作了第一主人。心里那滋味，还有些复杂。其实铁蛋和所有人的相处并没有什么大的不同，只是它喜欢舔强子，舔强子的脸、强子的手、强子的腿，只要强子出现在它的面前。其他人谁也不舔，就对强子这样。

郑队不甘心，但无论他如何凑上去磨蹭，铁蛋始终无动于衷，舌头也不伸一下。他终于认清了现实。

“铁蛋这个事情，郑永强主要负责，他有事的时候你们替补，知道了不？”郑队担心个别保安心里还有意见，特意强调了一下权责划分。好在铁蛋机灵可爱，遇见摆不平的事情就摇摇自己的小尾巴；如果尾巴搞不定就露出那温柔可人的小眼神；如果小眼神还搞不定，就一路小跑蹦跶到人的怀里，缩成一团热乎乎的小肉球，再轻轻哼唧一声，任谁也招架不住。

狗能千万年来陪伴于人类之侧，所谓“伴君如伴虎”，自是有厉害的本事。就算平日里对小动物没什么感觉的保安也都被铁蛋降服，心甘情愿地拉屎擦尿、喂水喂饭。一时间宿舍里还多了几分往日没有的热闹。

“郑队，我没带过狗呢，怎么总让我照顾铁蛋？”强子私下问郑队。

“你不懂，我看你眼睛就知道你喜欢它，能把它照顾好。”郑队说。

强子信了，同事们却议论说主要是因为强子听话，好欺负。逗狗虽然人人享受，但养狗并不轻松，也不多挣一分钱的工资，喂水喂饭，捡屎擦尿，费时费力，实在不是什么好差事。但强子并不在意，他抱着铁蛋的时候睡得很香，有时半夜被铁蛋舔醒，美过一场美梦。

如此这般过了些时日，铁蛋如新生儿般以肉眼可见的速度生长着，从两个巴掌大长到了四个巴掌大。越发活泼的铁蛋不再满足于保安宿舍的狭窄天地，开始不安分起来，咬坏了几双袜子。郑队说铁蛋需要到外面活动散散身上的劲儿，但白天肯定是出不去的，只有等夜深人静时由郑队放风，强子带出去在小区里透透气。他们总是鬼鬼祟祟的样子，生怕被谁发现，却忘了自己就是保安。

郑队知道铁蛋的存在迟早瞒不住物业，却也没想到这么快就暴露了——主要原因是随着铁蛋身体的成长，屎尿分量也随之变大，而且它从小在拉撒这件事上就颇为叛逆，有时带出去玩还不拉，回宿舍马上来一泡，让大家有些恼火。偶尔铁蛋的屎尿不小心搞到床单被子上，熏得满屋子骚臭。终于，这味道被物业来检查的小姑娘发现了，三两下就从强子的被子旦找到了被藏起来的铁蛋。强子担心铁蛋要被送走，巡逻时也多了份思虑和牵挂，差点撞了路灯。

被物业小姑娘告发后的第二天，郑队去和物业领导谈了谈，也不知使了些什么手段，把铁蛋留了下来，唯一的条件是——铁蛋不能住在屋里。

“我不能允许你在保安宿舍里养狗，这是底线。”

“但你要在屋外面喂不知道哪里来的狗，只要离人远点，别惹事，我也不管你，懂吗？”

郑队是社会人，当然懂。从物业回来的第一件事，郑队给强子换了岗。

强子资历浅，一直是搞巡逻的，是个辛苦活儿。郑队把强子换到了北边小门的门岗，那个门很偏僻，车辆无法出入，所以几乎没人来往，因此所谓门岗不过是坐在门边发呆而已，若是换一份划算的手机套餐，可以刷一整天的小视频。这是最吃香的一份活儿，原本是另一个老资格的保安霸占着，而他似乎有什么把柄在郑队手上，被换掉也并没有过多的反抗。强子的顺利上位让不少人眼红，大家再也不说他听话、好欺负，转而议论强子这个姓郑的是不是郑队的远房亲戚。

强子知道，这事情和自己没什么关系，是郑队要让他把铁蛋养在这里。

“郑队，我没别的意思，我只是想问一下，我们这样养它要养多久？”强子的话问住了郑队。

一群随时可以被替换掉的保安，在并不属于自己的城市、并不属于自己的地盘，养一只并不属于自己的狗，任你如何承诺，都是脆弱的承诺。这问题其实谁都能想到，郑队或许也思考过。

“能养多久算多久。”郑队说，“不是有这么多好心人吗？野猫都能喂，铁蛋这么乖，万一谁看上了带回去，那不是飞上枝头变凤凰了？搞不好我们还要给铁蛋当保安。”

强子一听，原来郑队还有如此打算，不愧是队长，高瞻远瞩。

“那如果没有人要呢？”强子小声问。

“郑永强，你现在话开始多了？我看你一脸不情愿嘛，信不信我给你调回去巡逻？”

“不是的，郑队，我只是……”

“你什么？”

“我是害怕投入感情……”

“呸！你跟我说个屁，文化不高，钱没几个，还学人家讲感情。”

强子剪了一块旧床单，给铁蛋做了根布链子，拴在自己值班的椅子上。铁蛋起初怕生，总趴在强子脚边，稍有风吹草动就要强子抱它。后来逐渐熟悉了附近的气味，胆子才大起来，无奈被拴着，活动范围并不广阔。野猫们偶尔来骚扰，都被强子赶走了。与其说是守门，强子的工作更像是守狗。

北门的确人迹罕至，强子一整个上午只见着一个人。那人是到北门草坪来遛狗的，原本眼里也没有这个守门的保安，倒是他的狗先发现了铁蛋，一点点把他拽了过来。铁蛋遇见同类兴奋地转着圈，强子还头一回见铁蛋这么开心，自己也开心起来。那人也喜爱铁蛋活泼可爱的模样，问铁蛋是不是德牧，得知是土狗后还显得有些遗憾。

本来风平浪静，谁知到了下午忽然陆续来了好几个人，都牵着自己的狗来看铁蛋。

原来小区里还有个狗主人的微信群，上午那人给铁蛋拍了照片，大概是拍得有些可爱了，引来了围观。郑队之前反复叮嘱强子不要说铁蛋是保安养的狗，但狗主人们显然对此并不在意，无一例外地都喜欢极了铁蛋。铁蛋“接待”了好几拨人马，累坏了，老早就呼呼大睡起来。

“不太好……”郑队皱起眉头来。

“郑队，为什么不好啊？我看铁蛋还挺喜欢和那些狗玩。”

“不太好……有点招摇。”这已经不是强子第一次从郑队嘴里听到“招摇”这个词。

强子从手机上把铁蛋和其他狗玩的照片找出来给郑队看，郑队一边皱着眉一边乐呵呵地笑起来，叫强子挑几张好看的发给他。

第二天，那几个喜欢铁蛋的狗主人又带着狗来和铁蛋玩耍，手里还都拎着大包小包的袋子，说是送给铁蛋的。这下可好，没一会儿工夫强子就收到了七八袋狗粮，分量还都不轻，分了两次才拿回宿舍，还有一件始终搞不明白该怎么穿的小马甲。强子给铁蛋做的布条也鸟枪换炮，换成了进口的尼龙绳子，虽然强子也不明白进口绳子和国产绳子的区别，但送绳子那人反复强调说“这绳子好”，众人聚在一起研究后得出结论：好处应该在于花纹比较独特。

“不管怎么讲，人家都是好心人，好心人还是不少的！”强子对同事们感叹着。

每个来送东西的人都反复强调自己的东西有多好，产自何处，该怎么用、怎么吃。这实在是难为了强子，尤其是狗粮，包装上一个中国字都没有，云里雾里地记住一些，回去了也对不上号。郑队看着一大桌子全是外语的包装袋也感到头大，保安们稀奇地凑在一起摩挲着它们，谁也没想到自己人生中拿在手里的第一个“进口货”竟然是给铁蛋这只小土狗的。

“吃哪个呢？”郑队问强子。

“说是……有德国的，有比利时的，有美国的……郑队，你不是以前干过？你定。”

“嘿，我那时候看他们给狗吃的粮食都两三块钱一斤，哪儿见过这些？”

“我看吃德国的好了，德国踢足球厉害，哪一包是德国的？”有人如此提议。

“晓不得了……”强子挠着脑袋说。

“那你说个屁！算了，都倒出来看一下。”

最后郑队决定，在保安宿舍里举行狗粮试吃大会，每一包狗粮各试吃一粒，看看哪一样更好吃一些。起初还有些保安抗拒吃狗吃的东西，谁知那些吃下去的都连连惊呼：“狗粮竟然如此美味！”

“这居然是狗吃的？”大家纷纷赞叹，有些还多吃了几粒。

“郑队，你嘴巴咋回事？这么红？”

“日你个球，这里面是不是有海鲜？我过敏。”

每一包狗粮都很好吃，以至于让人无从选择。最后还是强子提议用土办法决定，先吃颗粒比较小的，免得铁蛋噎着。可吃了两天铁蛋却有些拉稀，又仔细研究后才发现那包小颗粒的狗粮已经过期半年，于是赶紧扔掉，又换了一包新一些的。

铁蛋的出现，给所有保安的生活都带来了一股新鲜的气息。当然也不乏认为这新鲜气息太臭的人，只是毕竟是群居生活，个人意见只能藏在心底。郑队在对讲里和强子单开了一个频道，一有空便在对讲里问问铁蛋的情况。对强子来说，在所有的新鲜里还暗藏着一个让他做梦都能笑出来的惊喜：因为铁蛋，那个女人和他说话了。

那女人是带着一只特别小的狗来找铁蛋的，她的狗个头儿比铁蛋还小上一点点，毛发亮丽，头上扎着一个漂亮的小鬏鬏。

“你好！”那女人先和强子打了招呼，声音特别好听。

“嘿，你好。”强子强装镇定，试着显得职业一些。

“我听他们说你这儿有一只小小狗？”

“有的，喏，这里，铁蛋！又有人来看你了。”

“铁蛋？有意思，我看群里说它是女孩子吧？怎么会叫铁蛋？”

“队长起的名字，他说了，没关系，母狗也能叫铁蛋！”

那女人没忍住，笑了出来，笑得强子怪不好意思的，想偷看她笑起来的样子却又怕冒犯了她，只好悄悄瞄了一眼又赶紧低下头。

“铁蛋听起来好奇怪，人家是女孩子，别叫铁蛋了。”那女人笑着说。

“嗨！我们……我这人，也没啥文化！”强子依然不好意思地低着头。

“雪莉，你和它玩玩吧！”那女人没接话，把自己那只叫作“雪莉”的狗放下，蹲下来仔细瞧着雪莉和铁蛋打闹，再也没看过强子一眼。那雪莉的个头儿虽小，脾气却来得凶猛，龇牙咧嘴地示威起来。倒是铁蛋不断后退、躲闪，却因为被绳子牵住，有些狼狈。

“你这狗，个子不大哦，还挺有劲儿！”强子小声说。

“嗯，它个头儿就这么大了，所以也不用经常出来遛，家里够大了。它个子小，又是女孩子，一出来就总是被欺负。唉……也没个伴。”那女人说话的时候，雪莉已经把铁蛋逼到了强子坐的椅子下面，不断扒拉着强子的裤腿。

“我说呢，平时总见你去喂猫，没见过你遛狗。”强子说。

“是啊，我喜欢动物，这些小猫咪都很可怜……”

那女人说到一半忽然抬眼看了看强子，美丽的大圆眼睛里发射出一道疑惑的光。强子意识到自己说错了话，赶紧沉默地看着铁蛋，不再出声。眼见铁蛋被欺负得有些厉害了，强子左脚轻轻动了一下，绊倒了正扑向铁蛋的雪莉。与此同时，他问那女人：“你家这狗好看哦，这品种叫个啥名字？”

雪莉始终不放过铁蛋，一圈一圈地追着跑。强子索性把铁蛋抱起来，铁蛋有了主人的保护也终于吠叫了两声，算是回击，随即又开始津津有味地舔起强子的手。

那女人说雪莉的品种叫约克夏，这名字有些拗口，强子转眼便忘掉了。雪莉即便已经三岁多，个头儿却始终如一两个月大的小狗，这样袖珍的品类是现代文明的专属，是在一次次基因变异中不断筛取选配的结果。强子看出来了，那女人很少遛雪莉的原因绝不是雪莉容易被“欺负”，而是雪莉太凶了，若把铁蛋换作这小区里其他的大狗，势必要反击，万一没个深浅便容易出现危险。铁蛋的年纪和个子都小，新来怕生，而且和雪莉一样是母狗，那女人或许是想试试看能否让它成为雪莉的玩伴。显然，它很满意。

相对平衡的社交能力，审时度势的能力，是流浪狗们被流浪所赐予的天赋，是许许多多养在深闺的“雪莉们”一生都无法获得，也不必获得的。铁蛋像是健身房里的陪练，陪着雪莉玩了十几分钟，得到了那女人投来的一块小零食。

“打疫苗了吗？”那女人本要走了，似乎是忽然想起了什么，又回头问强子。

“啥？”强子摸不着头脑。

“就是打针，你这狗，铁蛋，你们给它打过针吗？”

“不晓得，应该是没打过。”

“你们什么时候下班？”

“下班？我轮班要到下午四点了。”

“好，加个微信吧，下午我带你去给铁蛋打针。”

“这……你……大姐……”

“叫姐就行。”

“姐，这样不合适吧？”

“有什么不合适？打疫苗是对铁蛋负责，知道吗？也是对我们家雪莉负责。别琢磨了，我开车我出钱，你带着狗就行。”

那女人的声音一直很动听，不给强子反对的缝隙。

这样一个像是从电视剧里走出来的女人，强子一辈子都不敢想自己居然还能和她产生任何实质意义上的联系，更别说加她的微信、坐她的车这么私密的事情。

那女人的微信和她柔弱的外表完全不同，头像是一张穿着制服的照片，干练利落，微信名也简单而直接，叫“吴娜”，想来便是她的本名。朋友圈里没有什么图片，大多是分析各种行业的文章链接，辅以一大段点评议论的发言，至于到底是什么行业、点评得好不好，强子根本也不懂。说来也好笑，即便不懂，强子还是把这些文章都挨个儿点开看了一遍。看到第五篇的时候强子回复了一条郑队给他发的信息，再点回吴娜的朋友圈，已经一片空白，被屏蔽了。

下午四点，吴娜准时给强子发信息叫他带着铁蛋去车库门口见面。见了面也没什么寒暄，强子抱着铁蛋一路跟着，也不知道自己到底该和她并排走，还是就这么尾随在她后面更得体一些。

打针的时候医生说铁蛋很乖，是个勇敢的姑娘，强子在一旁骄傲地笑着。

强子把这件事告诉了郑队，郑队很快又摆出一副沉思的样子。

“那个业主自己提的？”

“是，郑队，她坚持要带铁蛋去的。”

“嗯，花了多少？”

“她付的钱，我也晓不得，我看那个价格表，至少也要个大几百。”

“噢哟，现在的行情可变了，真贵。”郑队感叹道。

“那地方可好，郑队，比好多商场都搞得漂亮！”

正聊天，强子收到了吴娜的微信：“我明天中午吃了午饭带雪莉来玩。”

“你看看！这他妈的，人家花点钱，我们干保安的直接变成干保姆的。”郑队从强子手机上看完信息，气鼓鼓地说着。

如此这般，雪莉和铁蛋常常玩在一起。吴娜虽然也不太和强子说话，但她把强子拉进了那个小区狗主人的微信群，介绍他叫“铁蛋爸爸”。群里的很多人都熟悉铁蛋，热情地和强子打着招呼。强子发现“某某爸爸”和“某某妈妈”这样的昵称显然是这个群里的专属，也把平日里爱和铁蛋玩耍的几户人家都对上了号。强子自知自己原本并不属于这个群，但听吴娜的话把群昵称改成“铁蛋爸爸”之后，似乎还真融入了进去。除了“我家宝贝晕车”或“这次换了一家做美容”一类的话题插不进嘴，其他时间还算和谐，偶尔发几张铁蛋的照片，还能和大家唠叨上几句。

“铁蛋爸爸”逐渐成了强子的另一个名字，包括吴娜在内的不少人都会在路上和他热情地打招呼——在保安界，这是极高的礼遇了。中秋节还收到了来自各路爸爸妈妈的几盒月饼，在宿舍分给大家吃了，虽然也没吃出和便宜月饼的区别来，却也让不少同事的心里都羡慕着。背地里，好些人都说强子这叫“人凭狗贵”。

由秋入冬之后，夜风像刮胡子一样刮掉了树上的叶子。隆冬里，下了第一场雪。

郑队忧心忡忡，因为马上就要过春节了，如何排值班表是个难题。大家都想回家去，休假时间各不相同，搞得郑队满脑子官司。

而就在这时，一场流行病席卷而来。

从得到消息到封锁小区，中间跨着年三十，郑队也不必揪心谁去谁留了，保安们全部留守。众人聚在一起吃了一顿自制火锅，铁蛋也跟着蹭了几块肉，算是一起把年给过了。

人心惶惶，包括北门在内的所有小门全被封锁了，只留下了一处主要的出入口。北门不再需要有人值班站岗，铁蛋只能每日孤独地在北门的一棵树下拴着，让强子有些心疼。但强子也无暇顾及铁蛋，和其他保安一样，他的工作量骤然变大——每日不厌其烦地戴着口罩检查来往人员的出入证，拿着测温枪一次次“审判”每一个进出小区的人。在这特殊的时日里，因为“强子们”忽然获得了某种至高无上的权力，业主们对他们也都客气起来。那些认识强子的人愈发骄傲地和“铁蛋爸爸”打着招呼，好似是对自己的某种实力的昭示。

除了基本的安保，强子还多了一件任务：送快递。平日里熟悉的快递小哥们都被拒之门外，小区门口立起了几个大柜子，每天都被装得满满当当。强子的巡逻车上几乎时刻都堆着如山的箱子，挨家挨户地运送。普通快递还好，最可怕的是遇上整箱的瓶装水。郑队便因为搬水而闪了腰，每日哼哼唧唧的，脾气也越发急躁起来。

快递送多了，强子也终于知道了自己的那些“朋友”所住的房间号，偶尔想寒暄两句，却总是遇上紧闭的大门。“放门口，一会儿拿”，这是强子听到最多的问候。倒是那些狗，往往强子一出电梯就开始吠叫，久久不停息。

对强子来说，这冬日繁忙却寂寥，人与人的距离被无限拉远，甚至难以见到真面目。同事们忙里忙外，郑队帮忙给返京的住户挨个儿办出入证，搞得一个头两个大。强子已经很久没有和一个人好好地说过话，只有偶尔得闲时，会和铁蛋一起坐在宿舍外的台阶上看看雪。铁蛋身上的毛发逐渐褪成了黑灰色，在雪里显得格外漂亮。它不像此刻的人类一样惧怕那些看不见的东西，雪落在强子的脸上便去舔掉，有时强子戴着口罩，它还学会了用嘴把口罩的绳子从耳朵上取下。

在这个冷冬，唯有这样的时刻，强子感到温暖。

第四场雪还没下完，郑队忽然接到物业的指令，要再一次驱赶流浪猫。

这是第二次赶猫了，但今时不同往日，坊间传闻猫会携带病毒，似乎唯有如此才是负责任和恰当的做法。这次“保猫派”和“赶猫派”统一了起来，没有再吵。或有为数不多的人在家里小声嘟囔着“猫本无罪”，却也不敢在人群里发言，生怕惹了众怒。强子在狗主人群里默默观察着，大家的意见几乎一边倒：特殊时期，赶猫可以理解。如吴娜这样心软的出面软言争辩几句，也势单力薄，最终败下阵来。

郑队去和物业商量策略，物业说驱赶流浪猫这事情不能像驱赶人一样去评判，小区的围墙能挡住人，却挡不住猫。若只是把猫扔出围墙，这猫还能轻易回来，赶了与没赶区别并不大。只有两个办法：一是把猫们集合在一起，用车载到偏远处，一次性卸货，成为别人的麻烦，自生自灭去；或者残忍一些，干脆……

“嘿，好人，哪个不想当好人呢？猫这个事情以前我们也是服从了少数业主的意见，算是当好人了吧？但是有些好人你顺手当当还行，现在是什么？非常时期啊……”

物业领导似真似假地感叹着，强子站在郑队身后，背脊上感到一股凉意。他隐隐担心着铁蛋，却一句话也不敢问，一声也不敢吭。他想起了郑队曾经说的话：“别太招摇。”

当郑队在大家面前说出“不择手段，不留后患”这八个字的时候，包括强子在内的好几个保安都明确表示自己赶猫还行，杀猫做不到。

“我知道你们心里咋想。但我和你们坦白说：这事情，我不做，我留不下来；你们不做，你们留不下来。”郑队的脸色和他的话一样凝重。

“你们自己考虑一下。现在工作本来就不好找，等这病毒过去了，或许会好找，或许反而更难找了，谁他妈知道呢？”

“物业那边找区里打野狗的那帮人借了点工具，棍棒之类的，用法嘛一看就懂，我也不教你们了。”

“另外还给你们多争取了几件防护服，反正物业说猫有问题，我说猫有问题你就要给我防护服，不然我的人怎么办？数量嘛肯定是不够的，你们谁要是真信猫有问题就拿去穿吧。我本意也是拿来补充一下平时值班的防护服，这样还可以偶尔轮换一下。”

强子目睹了郑队为那几件防护服和物业理论了两个小时的场景，心知郑队的难处。领到自己的“武器”时却也难过，这些东西无锋无刃，但足以致命。

出发前强子抚摩着铁蛋的头，铁蛋轻轻舔舐他的手臂。强子祈祷着，即将发生的事情永远不要发生在铁蛋身上。

拿着工具，强子在小区的草坪和树丛里漫无目的地游荡，猫没见着，倒是发现了一窝小刺猬。在对讲里问了问郑队，郑队又问了问物业，物业说你最好自己判断，你真要问我，我还能说什么？肯定杀无赦。郑队如此转达，于是强子就当从来没问过郑队，小心翼翼地找了个布包把刺猬一家装了进去，悄悄骑车去到几条街外的一个烂尾工地，找了个洞把刺猬一家放了进去，布包就地扔掉。

那工地因为负责人被抓，已经好几年没动工，空无一人。而此时此刻，没有人类的地方，对动物来说便是安全的地方。郑队原本提议把猫也搞到这里来，没有被采纳。

回到小区，同事们拖着一个白色袋子，扫一眼便知里面都是野猫的尸体。

强子于心不忍，可一问才知道这些猫并非同事们所杀，它们早就死了。当保安们还在议论和纠结到底该不该杀猫的时候，这些流浪猫已被毒死在小区的各个角落里，被发现时早已被雪掩埋了过半的躯体。

强子心里一紧，飞奔去找铁蛋，路上太滑还摔了一跤。好在铁蛋依然老老实实地被拴着，依然活泼着，看见强子来了便要上来要抱抱。强子抱起铁蛋就往回走，把铁蛋锁在了宿舍里。

“铁蛋不能在外面了。”强子见到郑队后，斩钉截铁地说。

又排查了两日，小区里的流浪猫已经绝迹。投毒的人虽然戴着口罩，但保安们在看过监控之后都认了出来，是平日里一个和和气气的老大爷，强子也认出了他。

“妈的，太坏了。”几个保安议论着。

“不是他，就是你们。”郑队说。

这事情成了小区里不大不小的新闻，有少数反对的，有少数赞赏的，大多数人只是沉默。吴娜发信息问强子到底是谁投的毒，强子什么都没说，吴娜回复过来好几个大哭的表情，强子心里难过极了。强子不知道这到底算不算秘密，抑或会在哪一天被吴娜知道，但他自己是死也不会说的。他认出了那个老大爷，是吴娜的爸爸。

几天后，电视上辟谣了，猫本无罪。而死掉的都已经死了，死得太快，沉冤未得昭雪。一天清晨，强子看见吴娜独自站在北门的树林里，雪融后的空气生冷如冰，吴娜在为猫默哀，强子也在默哀，却不知是为了谁。

铁蛋住回了宿舍，闷闷不乐的样子，或许也嗅到了空气里有些味道已经消失不见。

而强子的心里还不安着，果然网上又有了新消息，说某地的科学家发现一条狗也染上了那种病毒，这次不比猫有罪的坊间传言，似乎言之凿凿。于是铁蛋在宿舍里没住多久又被几个胆小的保安给赶了出来，强子怒火中烧，在宿舍里和他们打了一架。

这次，保安宿舍也分成了“保蛋派”和“赶蛋派”。“保蛋派”主要由强子和平日里几个要好的兄弟组成；“赶蛋派”则大都是早就眼红强子的和胆子太小的。郑队在中间调停，甚是为难。最后有人威胁要告到物业去，郑队没办法，纵然心里心疼，却也没法儿再让铁蛋进屋。铁蛋又被拴回了空旷的北门边。

“好好的日子，好好的人，都他妈变了。这一天天的都什么事啊，快点过去吧！”郑队一口气干掉了一罐啤酒，把罐子捏扁了扔向远处，不知落到了哪里，寂静无声。

对于这件事，强子只是感到无力。好歹他也被叫作“铁蛋爸爸”，此刻却什么都做不了，要让自己的孩子睡在风里，暴露在一切目光中。在强子眼里，此刻的世界对铁蛋充满了敌意，他已经准备好了，要为了铁蛋战斗，要尽自己的所能保护它。

强子像个变态跟踪狂一样监视着吴娜家，每次看见吴娜的爸爸下楼就心里一紧，到后来只要看见人接近北门的方向就心里一紧，连续失眠了好多天。可让强子没想到的是，一切都风平浪静，似乎所有人都在一夜间有了别的事情要做，直到谣言被证实，狗亦无罪。强子松了一口气，能睡好觉了。但他始终不明白到底是为什么，好像自己的满腔热情一脚踏空，还有些别扭。郑队说强子是因为年纪太轻，想得太多。

“大家都没事，铁蛋也没事，不是挺好？你还指望发生点什么？过日子嘛就是这样的，你说它是什么它就不是什么。”

这话有些耳熟，强子想起来郑队以前也这样说过铁蛋：“你说它乖，它马上就搞点事情；你说它胡闹，它马上又乖起来；你说它胆小，在强子怀里比谁都厉害；你说它厉害，也从来不去惹其他的狗。”

“叛逆！你说它是什么它就不是什么！”郑队说这话的时候刚被铁蛋啃烂了一个充电器，却仍旧一副笑嘻嘻的样子。

很快，病毒被控制住了。快递员再次进入小区时，已经是初夏。

“赶蛋派”的带头人——也就是被强子抢了北门岗位的那个老资格保安，家里有人被车撞死了，打算就此回乡。离开前他找到了强子，去重新开张的小烧烤喝了一顿酒，说了些抱歉的话。所谓一醉泯恩仇，恩仇不算大，醉倒是真的。那天强子还在小烧烤摊儿看见了小区里的一个业主，从没打过招呼却有些面熟的那种。那人一直在打电话，似乎是四处找人借钱，夜深时他自己把自己灌醉了，耍起酒疯来大哭了一场，最后还是酒醒的强子他们把他扛了回去。次日再见他时，强子对他笑了笑，本想跟他说声谢谢，因为他昨晚执着地把强子他们的账给结了。可惜他似乎什么都不记得，只是对强子点了点头，再稳重地走掉。

还真应了郑队最初的判断，铁蛋已经彻底长成了一条大狗，虽不比德牧、金毛，却也体形不小。好心人送来的狗粮早就不够吃，于是郑队派强子坐着公交车去大超市买。买回来大家又尝了尝，确实不如进口的。或许穷人家的狗也一样早当家，铁蛋不再像小时候那般可爱好动，有时候都不用强子陪它，自己就能在北门的树桩下玩一天。狗朋友们还时常拖着主人来找铁蛋，但吴娜再也没带着雪莉来找过强子。

“铁蛋，你想雪莉不？你现在个子太大了，人家害怕你啦。”

强子摸着铁蛋的头，悠悠地说着。

群里的一个人给强子发信息，说有朋友看了铁蛋的照片，喜欢上了铁蛋，问强子能不能把铁蛋给他养。据说这位朋友住在远郊，有个大院子。

“铁蛋可以到处跑，随便跑！”这句话说动了强子。

对于铁蛋，强子自认为尽心尽力，却始终有一个巨大的愧疚：自从铁蛋不再是乳狗之后，便从来没有自由自在地奔跑过。他确实好几次想放开铁蛋的绳子，却始终不敢。强子见过小区里那些不拴绳的狗相互打架，也见过小孩子被狗吓得摔倒，其实这些在他看来都不是什么大事，但业主们或许可以这么做，可这里毕竟不是他强子的地盘，也不是铁蛋的地盘，他不敢。

可是，铁蛋是一条狗，应该是要奔跑的吧？

“唉……终于来了。”郑队听到消息后的第一反应是长长地出了一口气。

“那个人问铁蛋绝育没有，我怎么说？”强子问。

“没有，你忘了它还来过月事？这个我们不管，他要绝就带回去自己绝。”郑队回答。

强子明白，无论是自己还是郑队，都没什么资格去拒绝对方的要求。

“对方人没问题吧？”郑队似乎是不放心。

“那人说，他朋友可好了。”强子说。

郑队还是不太放心，悄悄找物业的人问了那个介绍人的情况，至少得知道是租户还是业主。正问着呢，那人又来催强子，说对方还可以付一笔钱。强子问他能给多少，那人说，一万。

几百块倒也罢了，一万这数目让郑队有些警觉，叫强子再去问，对方终于说了实话——原来铁蛋并不是土狗。要买铁蛋的人是懂行的，一看照片便认出来了，铁蛋是一只澳洲牧牛犬。强子在手机上查出一张澳洲牧牛犬的照片，递给郑队看，果然和铁蛋一模一样。

“郑队，你不是说你以前在狗市干过，你咋没认出来？”强子问。

“你去看看全北京能有几只这个什么澳洲狗？我以前也

就是个销售，国产狗还认得，澳洲狗能认出来才见鬼了。”郑队有些生气。

“你骗我，铁蛋，你说你是土狗，你才不是土狗，你有血统，你不是我们的人。”郑队望着铁蛋，铁蛋望着郑队，无辜的眼睛一闪一闪的，仿佛在说我从来没骗过你。

强子在一旁看着他们面面相觑的样子，有些伤心。

强子动过心思，想拒绝，想把铁蛋正式据为己有。他很久没回家了，如今回家也没了隔离限制，不如就为了铁蛋彻底离开北京，回家找点事情做，把铁蛋养在自家的院子里。虽然他知道这样很离谱，为了一条狗做出这样的牺牲，招人笑话。况且，他也给不了铁蛋什么。但任何一个爱过狗的人类都会明白这样的感受，当被称作“某某爸爸”时，便有了做爸爸的心性与觉悟，难以割舍，准备好了牺牲。

可当强子知道铁蛋竟然是一只澳洲牧牛犬时，他动摇了。他心底里不知从哪儿生出了别样的念想：若是土狗，跟了我也就跟了我，清贫便清贫，可是一只澳洲牧牛犬怎么能过这样的日子呢？

可惜强子并不认识任何一个澳洲人，即便认识了也无法沟通。澳洲人会告诉强子，没关系的，在他们眼里，铁蛋就是土狗。

所以当郑队咬牙点头的时候，强子只是沉默地接受了这个决定。郑队决定把一万块分成三份，自己和强子各三千，毕竟也为铁蛋买过不少东西。剩下四千平均分给其他保安同事，大家都出过力，算是雨露均沾。

强子悄悄和郑队说，让郑队拿五千，自己拿一千。

“你这啥意思？”

“郑队，你家里不是有人病了？那你先多拿点去用，我家里人多，在这边也就我自己，我少点没事。”

“你个狗日的，你咋知道？”

“你自己说的。”

“不可能，这个事情我跟哪个都没讲过。”

“你和铁蛋说的，我在边上听见了。你放心，我不和别人说。”

介绍人住在吴娜的隔壁单元，是个老男人，微胖，面善。他说他约好了那个要买铁蛋的朋友星期天中午来接狗，要强子做好准备。强子回宿舍收拾了一圈，除了一根进口绳子之外也没什么可以给铁蛋带走的，是有两个饭盆和水盆，只是品相过于难看，拿不出手。这事情在群里也传开了，大家纷纷对铁蛋表示祝贺，有几个心细的追问了几句新主人的情况，介绍人信誓旦旦地说那人绝不会亏待铁蛋，大概就是和强子说过的那些话。这些讨论强子完全没有参与，可大家似乎也并没有注意到这一点。

周六晚上，强子把铁蛋又搞到了自己的床上，小铁蛋曾经就这么温顺地卧在他怀里，如今却要占掉半张床，稍一挪动就晃得床“咯吱”作响。他轻轻抚摩着铁蛋的鼻梁，自从他知道了铁蛋的血统，这挺直的鼻梁是越看越漂亮了。

“铁蛋，你会想我不？”强子轻轻地说。

铁蛋伸出舌头舔了舔强子的脸，也不知听懂了没，一个劲儿地把头塞到他的腋下，好像小时候一样。那时同事们还开玩笑，说这土狗也忒不讲究，强子有狐臭还往他腋下钻。

月光和街灯在门口勾勒出一个人影，是郑队。他悄声走到强子的床前，拍了拍铁蛋，把头凑了上去。强子在一旁眯着眼睛，没敢出声。

“铁蛋，明天就走了，来嘛，来一下。”郑队小声说。

铁蛋扇了扇自己的耳朵，歪着头看着郑队，一动不动。郑队又凑近了一些，用自己的鼻子去蹭铁蛋的鼻子，铁蛋鼻子被弄痒了，伸出舌头来挠，舔到了郑队的鼻子上。

“嘿，算你有良心。”郑队的声音很小，却有一种扎实的满足感。

“我今天夜班，明天睡个懒觉，不送铁蛋了，你把事情办好。”

起床时，强子才看到郑队半夜发来的信息。

中午，介绍人把强子和铁蛋领到了小区门口，来的车是辆大车，强子老家管这种车叫“子弹头”。强子仔细观察了铁蛋的新主人，约莫四五十岁，身上瘦，脸上胖，有不少皱纹。那人和强子聊了几句，衣着谈吐倒确实有些贵气。他蹲下来和铁蛋玩耍了一会儿，短暂的相处让强子觉得这人还是很可靠的。强子递过去一张小纸条，上面歪歪斜斜地写了些注意事项，比如铁蛋每天睡前一定要拉尿，吃饭的时候人不能去摸它……那人看见这纸条还有些感动，连连夸奖强子说澳洲牧牛犬本来并不好养，强子他们条件艰苦，能养成这样实属不易。

强子一听，差点哭鼻子，好像自己的某些委屈被人悄悄听见了。

“我们也不懂澳洲牧牛犬好不好养，反正铁蛋是挺好养的。”强子如此说。

“不是母狗吗？怎么叫铁蛋？”那人有些诧异。

“对，铁蛋。”强子没解释太多，那人的脸上划过一丝奇怪的笑，也没再接话。

“一看你就爱狗，放心，我会照顾好它……铁蛋。好吃好喝的，没问题！”那人拍胸脯保证。

“来，我们说好的，你支付宝打开，我转账给你。”要不是那人提醒，强子差点都忘记了这回事。

钱到账的一刻，强子意识到自己终于要失去铁蛋了。铁蛋似乎也终于明白了此刻的情景，上车时极不情不愿的样子，喉咙里发出“嘶嘶”的声音，那种高频的声音有强大的穿刺力，直达强子心底最脆弱的地方。

“铁蛋，如果不开心，你就悄悄跑回来。”强子最后抱了抱铁蛋，在它耳边轻轻说。

强子当然知道这话没什么意义，铁蛋跑不回来的。它或许都听不懂这一句耳语的呢喃，大概只觉得耳里有人吹气。可这是强子所能做的一切了，他不再能保护铁蛋，只能寄希望于铁蛋能自己保护自己。

但铁蛋可能是听懂了，发疯似的舔舐着强子，轻轻咬着强子的耳朵，往车里拉扯。强子终于疼得受不住发出了声响，铁蛋的嘴马上又松开，开始轻轻呜咽，伴随着嘹亮的吠叫。那呜咽声像是在说“别扔下我”，那吠叫声又像是在说“别担心我”。黏糊糊的口水挂满了强子的脸，他知道，这样的感觉以后都不会再有了。

一个人和一条狗告别，怎么会这么难呢？强子不明白。

“再见了，铁蛋。”

随着车子启动，一阵风吹过强子的脸颊，是一段不可复制的时光在和他告别。

“我日你个球！”

一个人影从强子身边闪过，郑队穿着一双拖鞋急速狂奔，他才是那一阵风。

强子看过电视剧里那些人追汽车的场景，总是一边伸手一边喊叫着，现在他知道了，一个人真的在追汽车的时候，既不会伸手也不会喊叫，只会如参加奥运短跑赛一样死命地狂奔，一口气也不敢松懈。郑队追到了路口，眼看那车已经绝尘而去。他的拖鞋已经跑掉了，脚底板磨出了血，瘫倒在地，喘着粗气。

强子还没反应过来的时候，郑队已经走了回来，满脸通红，神情异常。那个介绍人也感到莫名其妙，正要问问是什么情况，郑队却一拳打了过来，那人当即倒地。强子架开了郑队，郑队挣脱不开，从喉咙深处发出了一声悲鸣。这声音像狼，狗的祖先。

原来那天郑队本不打算和铁蛋告别，只是最后还是没忍住，跑到栅栏后面看了看。他过来时铁蛋已经上车了，本想就这么目送，谁知车启动时他不小心透过车窗看到了领走铁蛋那人的脸，忽然如发飙似的追了出去，却于事无补。

强子永远都记得郑队那天绝望的表情。

“我认识他。”

“我以前在狗市的老板。”

强子一听，脑子忽然炸开了。

“郑队，你说，他要把铁蛋卖了？”强子颤抖地问。

“他不会卖的。”郑队的声音几近呜咽。

“铁蛋是……它是母狗……”

忽然间，强子觉得全世界都塌了，压在了自己的身上。

这一拳打得不轻，郑队被开除了。他在一个有雾的早晨悄然远行，什么言语都没留下。

新的保安队长留着大胡子，普通话说得标准，一点也不像个保安。他上任不久后，强子也说要辞职。

“我知道你和老队长关系好，但是我和你保证，我这个人绝对不会区别对待的，你再考虑考虑？”新队长看起来很诚恳。

“我想好了，我当不好保安，不当了。”强子说。

“行，那我也不留你了。以后做什么？也想好了吗？”

“回家。”强子说。

临走那天，强子提着包在小区里转了一圈，走到北门的树林里时，对着几棵树拍起了照片。这一棵是拴铁蛋的树，这一棵是它撒尿的树，这一棵是它拉屎的树……每次铁蛋拉完屎，强子都要捡叶子去把屎包起来扔掉，冬天没叶子了，便自己带几片卫生纸。这习惯是郑队叮嘱他养成的，他说城里人都得这样。树上的叶子每年都有新的，树下的狗却已经不在，连同猫，连同人。强子想起来那窝小刺猬，也不知道现在生活得怎样。那工地或许终有一日会再开工，刺猬有刺，却也敌不过人。

强子以为自己会被踢出小区狗主人的群聊，但事实上根本没人在意这件事，就连最后他自己退了群也在很长一段时间里都没有被他人发现。“铁蛋爸爸”这名字就此彻底消失在强子的生命里，他重新做回了一个完整的郑永强。离开小区前最后一次见到吴娜，吴娜对强子的称呼是：“哎，那个谁。”强子直到这时才想起来，吴娜从来都没问过他叫什么名字。

在火车上，强子做了一个梦。

他梦到自己去看铁蛋，梦里的人面容模糊，说我们这里没有铁蛋，我们这里的狗都叫爱丽丝。强子面前出现了无数只和铁蛋一模一样的狗，有的像铁蛋小时候，有的像铁蛋离开前的样子，有的像老去的铁蛋。他喊爱丽丝的名字，所有的狗都围了上来，他吓坏了。

“铁蛋，铁蛋……”于是他轻轻呼唤着。

远处，一只身材臃肿的狗瘫倒在一个金子打造的笼子里，轻轻哼了一声，对他摇起尾巴。

“你是铁蛋吗？”强子凑过去问。那狗伸出舌头来，舔了他的脸。那温热湿润的触感如此真切，真切到强子愿意余生都做这一场梦。

强子流着泪，把梦里那面容模糊的人狠狠地打了一顿。

“你骗我！”强子吼叫着。

“你骗我！它根本就不能到处跑！”强子的喉咙几乎发

出了声音，火车上邻座的人吓坏了。

在家里住了几天，处处都不适应，成日无所事事地在院子里溜达，或许是有些孤单了。郑家老二怎么回来了？好好的保安怎么不当了？就算不当保安怎么连北京也不去了？是不是惹事了？

有人问过，没人有答案。

月亮成熟时

“看，当时的月亮。”

“曾经代表谁的心？结果都一样。”

一

星期六，午饭，荀姐只吃了几小口便放下了筷子。

她前半生一直很瘦，五十岁之后却慢慢胖了起来，如今即便学着年轻人少食多餐，似乎也难以逆转。餐桌的另一边，丈夫吃得心不在焉，似乎并没注意到今天的鸡汤是荀姐早起刚炖的。他一直皱着眉头在思考什么，一句话也没说，大概在惦记着下午的会议。

荀姐从前常因为这样的小事和丈夫拌嘴，但最近一段时间，她总是选择沉默。她知道外面的状况不好，生意越大越难维系，也心急，无奈能力有限，帮不上忙。

“我的事你帮不上，你没事多琢磨点别的，瞎操心也没啥用。”

每次关心丈夫，总是得到电话忙音一样的回应。他还在服务区吗？苟姐不知道。

刚收拾好碗筷，丈夫就抓起车钥匙走了。苟姐本想叮嘱点什么，擦干净手从厨房出来时却只看见那扇昂贵的门轻轻在眼前合上，发出精巧的声响。这门是两年前换的，那时苟姐说自己经常晚上一个人在家，会害怕，丈夫二话不说就安排了这扇颇具安全感的门——需要密码，需要指纹，就是不需要钥匙。朋友们听闻都客气地夸奖着，苟姐也配合地笑起来。笑容之下她却想着，门再好，总不如人。

“少喝酒，叫代驾。”苟姐还是拿出手机给丈夫发了一条信息。

十分钟过去，丈夫回过来一个“OK”的手势。

女儿早已提前打好了招呼，周末不回来住了，这次的理由是公司团建。丈夫依旧匆忙地相信了，但苟姐知道，女儿大概是去谈恋爱了。自从给女儿在公司附近买了一套小房子，她离女儿的生活便越来越远，前些日子苟姐去帮她收拾打扫，上厕所时在垃圾桶里看到一根验孕棒，赶紧悄声打电话给自己的姐妹，问清楚这标识意味着没有怀孕才算是放下了心。冲完水又扯下一张纸巾，小心地把那验孕棒按进垃圾桶的深处。

荷姐当然爱女儿，但她并不想深究女儿的秘密。荷姐自己也年轻过，也有过秘密，她知道，秘密会让人真正地长大。她只是在某个周末女儿回家时借机说起些社会新闻，叮嘱她在这些方面注意安全。她记得女儿不耐烦地点着头，眼睛从未离开过手机。

荷姐凑过去想看看手机上都有些什么，但那些连环画一般的图像在女儿的指尖迅速翻过，看几眼就让她眩晕。

提前洗好了一小筐衣服，因为荷姐知道丈夫今晚免不了一顿吃喝，大概又要带着一身酒气回家。那种味道让荷姐感到生理上的不适，她不愿把自己新买的贴身衣物和那些衣服一起洗，即便铺天盖地的洗衣液广告一次次承诺着要让一切焕然一新。她要尽可能地保留新衣服上那股独有的清新气息，这味道让她欢喜，虽然也深知那不过是生命里转瞬即逝的慰藉。

午后的阳光洒进阳台，荷姐晾好了衣服坐在被微微晒热的地板上，想起些旧事。旧事总是让人发笑，不是吗？像那种二十多块钱一颗的欧洲巧克力，即便是苦的，融化在回忆里也慢慢渗出了甜味儿。

是的，或许是有些孤独吧，连荷姐自己也发现了。

她抬起卧室的床板，从床板下拿出一个小盒子，这盒子里有她的旧事。她和丈夫每晚睡在这些旧事之上，而丈夫全然不知床下还有这一方幽暗的空间，藏着灿烂的过往。

盒子里装着一块石头，大半个拳头大小，乌漆墨黑，坑坑洼洼。

很久很久以前，一个男孩把这块石头送给了当时还是女孩的荀姐，荀姐珍藏至今。其实现下的年轻人也来来往往地送着这样那样的石头，有花哨的名字，包含着这样那样的寓意。但荀姐这块石头和它们都不一样，是举世无双的。

这块石头来自月亮，至少那个男孩是这么说的。而在这个艳阳高照的午后，月亮隐匿在日光之后沉默着，荀姐却疯狂地想念起来，想念当时的月亮、当时的男孩。

“看，当时的月亮。曾经代表谁的心？结果都一样。”

初听这首歌时，它还是新歌，后来歌老了，人也老了。

哼着歌，荀姐孤独的影子盘桓在这座大大房子的小小角落里，被那盏璀璨的吊灯照耀着，勾画出时间的轮廓。

二

男孩第一次向荀姐介绍自己，是在一条阴暗狭窄的走廊里。

这男孩大方而温柔，黝黑清瘦的脸庞上挂着两颗闪亮的眼珠，笑起来也丝毫不被压缩，闪射出灿灿的光芒，让荀姐感到亲切。

当然，那时苟姐还不叫苟姐。苟姐这称呼大概是从四十岁以后才开始出现的，虽然听起来实在让她很不满意，但毕竟是自己的姓，又能怎样呢？从前人们都叫她的大名，念秋，“秋”是家中前辈的名中一字，“念秋”二字仿佛从一开始就在不断提醒着苟姐，她并不完全属于她自己。

“莲超？”

“不，念秋！念——秋——”

“莲——超——”

“不是莲超！是念……算了，你叫什么？”

“我？我叫阿某窝。”

旧日的时光过得慢，慢到要花上整整一盏茶的时间才能搞清楚对方的名字。原来那男孩既不叫“阿某窝”，也不叫“阿某”，而是叫阿穆。三层红砖砌的宿舍楼，苟姐家住二楼，阿穆家刚刚搬到楼上，他说自己随父母工作调动从广东而来。阿穆浓重的口音惹人发笑，而那时的苟姐刚刚和父母闹了矛盾，正处于苦闷之中，没想到被这新来的邻居逗得前仰后合。

回到家中，气氛依然沉闷。

一切都源自前些日子的一通电话，回想起来，打电话的人至今都是个谜。

二十三岁的苟姐在街道的服务社工作，那里为周边的群众提供一些生活必需品的售卖。苟姐的工作说好听点是个会计，说难听点就是个成天打算盘的服务员。服务社里有电话，而苟姐也承担着接线员的职责，电话里找谁便出门扯起嗓子大喊对方的名字，虽然确实是个麻烦差事，倒也因此听来了不少闲话趣事。

那天，电话是找苟姐妈妈的，苟姐一再问对方的名字，对方讳莫如深。

叫来妈妈，苟姐眼看着妈妈的神情一点点变化着，平日里聒噪的嗓音也越来越小。挂上电话，妈妈什么也没说，只是让苟姐下班了早点回家。

饭桌上，妈妈和爸爸循序渐进的语气让苟姐感到不妙，果然，又说起来她的婚事。

“二十三岁，也不早了。”

“你总说要找个你喜欢的，我们听了，让你找，但你也没找到啊。”

“你看看你表姐，就比你大一岁，孩子都两岁了呢。”

“你算算，就算你马上结婚，要生孩子那也得……”

“你哥哥也没孩子，你也这副德行，这家真是不成样子，我像你这么大的时候……”

话术到是没什么新意，还是这些旧句子。或许从古至今，乃至到了未来，家长们一直使用的都是这些句子。但这一次，苟姐感觉到父母的底气更足了，一定还有她不知道的事情。

最后还是妈妈说的，说下午那电话里的人告诉她，有人看上了苟姐。

苟姐知道自己是漂亮的，也一直引以为傲，追求她的人也不在少数。或许人性本身就如此，知道自己有选择，便生出些傲气，定要找个自己喜欢的人才行。托人来打听苟姐的事情也不是第一次发生了，苟姐咯咯一笑，毫不在意。

妈妈凝重地伸出手来握着她，一字一句地向她解释，要她这一次一定好好考虑。爸爸则在一旁捧场，添油加醋，保证对话的生动。

原来，对方是市长的儿子。如此简单，甚至都没有姓名，只是像公布彩票结果一样带着冷酷而羡慕的语气通知苟姐的妈妈：对方是市长的儿子。据说是某一日在邮局看见了苟姐，一见倾心，托了不少人打听，终于找到正主。

妈妈和爸爸在饭桌上仔细描述着这个活在传说中的小伙子：是个大学生，至于哪个大学并不清楚，但为人总之是优秀的；毕业就分配到了市里最吃香的单位，具体做什么并不清楚，但前程总之是远大的；风度翩翩，一表人才，谈吐得体，辅以其他一些好听的四字形容词。据说他从小就跟着家里长辈外出交际，头发不长见识不短，而且酒量惊人，或许是遗传，或许是天赋。

“你爸我就是吃了酒量的亏。”爸爸在一旁小声说。

“有酒量，就有前途。”

这些广告般的语言逐渐凝固在一起，在苟姐的耳中淡去。她叵根儿就看不起这个人，不管他身披了多少优美的词组和表达。在苟姐的眼里，一个人喜欢自己，却先找了另一个人去告诉自己的妈妈，管你多么高贵，都是卑劣的。

苟姐自然是拒绝了，父母虽然不悦，倒也表现得平静，仿佛早知是这个结果。而苟姐也知道事情并不会如此结束，她等待着第二轮的谈判。

漫长的等待波澜不惊，阿穆的出现也不过是霎时间的笑料，笑过便忘记了，生活还要继续。

第二轮谈判由爸爸在私下里完成，虽然苟姐家并不大，严格说起来在哪里谈话都没什么隐私可言。所谓私下里，不过是临睡前坐在苟姐床头的知心对谈。这是家里的潜规则，妈妈先动之以情，爸爸再晓之以理。

理是什么呢？对方——那个打电话来的人，他承诺哥哥在铁路系统的工作可以做出些调整，不必再没日没夜地跟车，换个后勤的工作，还能经常回家看看。

苟姐依然摇着头，丝毫不为所动。爸爸的脸色有些恼怒，说她不该这样自私，该为哥哥和嫂嫂考虑一下，否则总是天涯两隔，真不知猴年马月才能抱上孙子。哥哥和嫂嫂的事情一直是家里的大石头，爸爸自以为该有些力量，苟姐却再次拒绝了。倒不是她不为哥哥考虑，她和哥哥是亲密的，所以她记得哥哥曾经对她说过，自己不喜欢回家，一回家就要面对父母、面对嫂嫂、面对没完没了的说教和争吵。

那时的荀姐枕头下压着些关于爱情的小说，看多了，自以为对爱情有深刻的认知。关于哥哥，她所能想象的极限便是哥哥或许并不喜欢嫂嫂，或许喜欢别的女人，直到二十年后才得到了哥哥的坦白：他果然对嫂嫂并无太大的兴趣，但对别的女人也是一样。

最终让荀姐动心、同意至少去见上一面的，是爸爸没说出口的话。她知道爸爸的一生并不如意，年轻时遭爷爷牵连被打断了腿，一辈子没法再奔跑起来，小小的残缺被人说了大大的闲话，半生都活在斜眼与排挤之中。爸爸不善言辞，不聪明，不开明，不会喝酒，有很多“不”可以形容他，但依然在一瘸一拐地奋斗着。爸爸常说这是为了自己的晚年，但荀姐知道，更多的是为了这个家的晚年。

这是属于爸爸的骄傲，也是他一生的重担。如果自己去见上一面，万一对方还有些顺眼，万一还有些喜欢，理所当然地成为大户人家的儿媳，或许便能以一种得体的方式，解脱爸爸的骄傲。

入夜了，躺在床上，荀姐心绪难平。

她信仰爱情，却不是个执拗的人，她知道有些“对的”事情未必都如自己所愿。但这事情要她去牺牲掉的东西——传说中的爱情，正因为她还从未得到，才越发觉得不甘和委屈。

她暗下决心，日后如果自己有了孩子，一定不去影响他的一切选择。

可这孩子到底要和谁来生呢？要怎么生呢？想到这里，心脏的跳动忽然加快起来了。是像服务社里小娟所说的那样吗？小娟嫁给了一个她不爱的人，她所描述的新婚之夜可并不美妙。

或许在许多年以后，当有人问荀姐爱情是什么，她定能有无数的道理可讲，组成精美的词句，去证明她此生确实获得过它——这是成年人专属的权利；但在那个懵懂的年纪、那个懵懂的时代，爱情不过是一种感觉，没人能说明白，不可说，一说就错。

三

荀妇虽然对这市长的儿子没什么好印象，但毕竟也是个得体大方的人，赴约前把自己简单装扮了一番，胸前挂上一朵新鲜的黄角兰，那股清新的气息让她着迷。而对着镜子，镜中的美丽少女又忧愁起来，自己打扮成这样到底是为了谁呢？为了市长的儿子？为了爸爸妈妈？为了哥哥？还是为了自己？

怀着复杂的心情，荀姐第二次遇见了阿穆，在楼下的车棚。

“莲超！”阿穆远远地叫着苟姐。这声音一下让她笑了出来，即便此前只见过一次，即便还没看见阿穆的脸，却也知道了是他。阿穆个子不算高大，却推着一辆大横杠的二八自行车，摆出了一个滑稽的姿势。

“莲超，你看我怎么样？”

“跟你说过了，不是莲超！是念秋！”

“好的，莲超，你看我怎么样？”阿穆还一本正经地摆着那个滑稽的姿势，苟姐又笑了起来，坏心情一扫而空。

“阿某！我看你，不怎么样！”苟姐憋着笑，故意把“某”字说得很大声。

“不怎么样？”阿穆眨巴着他的大眼睛。

“不正经！”苟姐半开玩笑地说。

“那你要是说我不正经，那我都要说你，说……说你……”

阿穆似乎很想与苟姐拌拌嘴，却苦于语言受限，涨红了那张黝黑的脸。黄角兰在苟姐的胸前散发出它独有的香气，点缀着这个时刻。阿穆想仔细看看这朵花，到底是什么花，为什么这么香呢？但那花悬挂在这个女孩起伏的胸口上，他不敢。

苟姐不傻，她知道眼前这个看起来憨憨的男孩子大概是有些喜欢自己的，至少也觉得自己是好看的。这样的事情曾经无数次在她身上发生，生得一副好皮囊，这便是代价。于是她也不以为意，或许阿穆过几天便结了婚，再过几天便忘了她——这样的事情也曾经无数次发生，毕竟基于皮囊的喜欢，总是短暂的。

但苟姐忘记了，从前的那些人里并没有任何一个，仅仅是说出她的名字，便能让她发自内心地笑出来。这简单吗？挺简单的。难吗？太难了。

苟姐对于和市长儿子的见面在心中进行过多次的预演，却怎么也没想到，那个男孩子和苟姐见面后做的第一件事情，竟然是道歉。

他和市长一样姓孙，却执意要苟姐在称呼他时去掉姓，只叫他瑞阳。瑞阳耐心而平和地解释了自己为何要托人找苟姐的妈妈，而不是自己来找她。主要原因是怕苟姐已经有对象，不想让自己贸然的拜见影响家庭的和谐。总之说起来确实是这么个道理，也确实是苟姐一直耿耿于怀的事情，被他主动点破，反而一下子轻松了许多。

瑞阳不过比苟姐大了两岁，言谈举止却像是个老江湖，滴水不漏，从容不迫。普通话字正腔圆，据他说是因为小时候随父亲的工作四处迁徙，练就了出色的语言能力。倒是轮到还带着些乡音的苟姐在他面前开始不自信起来，话也越来越少。

聊了半晌，苟姐发现眼前这个男孩显然是个有抱负的人——虽然生在优渥的家庭，却一再强调自己不愿沾家里的光，要靠自己的一双手来打拼。甚至还说自己一定要与家里脱钩，以后绝不会从政，大概会选择做生意的方式来证明自己。这段话还真把苟姐给打动了，倒不是说话的内容，而是他说话的语气和神情，带着天真烂漫的气息。

瑞阳还很直接地向苟姐表示，如果两个人好上了，不会让苟姐承担一分一毫的生活压力，只需她打理好家庭、带好孩子即可。苟姐往嘴里塞了一大口饭，一边吃一边笑着，避免自己去回应这个问题。

席间，苟姐有两次想起了阿穆，情不自禁地笑了出来。好在对方并没有发现，还以为是自己讲的笑话起了作用。苟姐自己也没有发现。

竟然还是个不错的小伙子，这让苟姐始料未及。她甚至不知道该如何向父母交代，若是说真话，这段关系怕是要像送走哥哥的火车一样就此鸣笛启航；若是说假话，似乎又对对方太不公平。

回家敷衍了几句，苟姐便说自己困了，要去睡觉。留下父母在外屋小声讨论着女儿到底在想什么。其实苟姐自己也不知道自己在想什么，瑞阳确实配得上关于他的一切描述，是令人心动的。加上这“市长之子”的前缀——他始终避讳的那个“孙”字，似乎更加没有拒绝的理由。

虽然瑞阳一再强调不愿沾家里的光，但局外人都清楚，家庭这件事，不是一个人想撇清就能撇清的，不管是福利或是波澜。而当苟姐实实在在地接触了他，才真正明白了父母亲的重视。她从前一直对父母说要找个自己喜欢的人，自认为是个爱情至上的浪漫女孩，或许只因为还没遇到这样的诱惑。苟姐对自己很自信，她知道自己只要答应了他，不久就会变成市长的儿媳，这家也将成为市长的家，家中的一切困扰也都将成为市长的困扰，进而化于无形。不过是点个头与这个优秀的男孩子在一起，这一生便能少去许多的烦恼。

面对人性中最深的懒惰和欲念，苟姐不想装什么清高，她必须向自己承认，这样的生活确实是颇具吸引力的。

要不，就这样吧？她想。

但这想法很快就被动摇了，有多快呢？不过是天空中的月亮从一棵树走到了另一棵树。

四

入夜，窗外起了风，正是少女忧愁的好时节。苟姐自然不会错过这姿态，合上小说来到窗边，靠着窗兀自思量起心事。风大了，她把手伸出窗户试探是否有雨，却冷不丁地感到手中一沉，本能地抓住了一件东西，定睛一看，竟是一只拖鞋。

她把头伸出窗外向上看，三楼的屋顶上晃悠着一双脚，左脚的脚尖上还挂着另一只拖鞋，右脚光着，脚底板像一艘小船，在墨蓝色的天空下悠悠摇晃。

那人低头看见苟姐，黝黑的面庞融入了夜空，一双眸子像星星般闪亮。

“咦？莲超！”这声音告诉荀姐，是阿穆。

荀姐又笑起来，试着把拖鞋往上扔回去，调整了几次还是不敢撒手，怕阿穆接不住。

“你上来啊！”阿穆说。

这个不过两面之交的陌生男孩，危险，却充满着诱惑，就像每个人被深埋在身体里的另一个自己。夜已深，父母早已入睡，荀姐拿着拖鞋悄悄溜出家门，也不管自己还穿着单薄的睡衣，就这么爬上了屋顶。如果此时有任何一个旁观者，她都会回到一个姑娘家该有的姿态，或许换一身得体的衣裳，或许留在屋里。但当这夜色里只剩下她自己，她是自由的。

阿穆到屋顶门洞的梯子前来接她，一把抓住了荀姐的手，楼顶的风灌进睡衣里，领口的缝隙几乎让荀姐的全身都展现在了阿穆的面前。阿穆赶紧撇过了脸，荀姐也忽然意识到了，赶紧用手压住了蓬起的胸襟，装作若无其事的样子。

第三次见到阿穆的时候，一轮渐盈的明月挂在暗淡的天空之中。

这个男孩虽然随着父母来到北方，但似乎还保留着南方海边那原始而粗犷的气味——一双随意蹬着的拖鞋，大到有些松垮的短裤，白色的背心勾勒出精瘦却紧实的躯干，就这么悠闲地游荡在红砖楼的顶端。行走间，拖鞋发出“啪啦啪啦”的声响。

苟姐问阿穆，这么晚了在楼顶做什么。阿穆回答她，看天。

若是换个人说出这句话，比如孙瑞阳，或是任何一个在这个城市里故作深沉的男孩，听起来无论如何都是矫情而做作的。但它出自阿穆之口，带着浓重的口音，带着未经雕琢的纯真，就能让苟姐相信，他真的是来看天的。

大概因为在屋顶门洞的窘态，苟姐始终和阿穆保持着些距离。她这二十多年来的所有生命经验都在告诉她，归还了拖鞋便该回去了——但她又有一种强烈的想要留在这里的意念，这意念不受人控制，如同月光一般从天而降，遍布她的全身。她任由心中的两股能量交战，自己默默跟在阿穆的后面，听着他说起那些毫无边际的事情。

“你看最亮的这一颗，这是金星。”阿穆指着天上清晰可见的星群说。

“为什么它最亮呢？”苟姐顺嘴问道。

“因为啊……因为它是金子做的窝！”阿穆说完便笑起来，回头望着苟姐，似乎在等待着对自己这个小笑话的认可。苟姐也配合地笑了，她发现阿穆有时会在一句话的结尾加上一个“窝”，有些可爱。阿穆指着天让她去看那颗耀眼的金星，但她眼中所看见的却只有阿穆那两排雪白的牙齿，比金星还要闪亮。

那时的阿穆当然不会知道，金星的闪亮只因为它有着比其他近地行星都更加厚重的大气层，大气层下的土地上还保留着洪水奔流的痕迹，或许也是生命甚至爱情曾经存在的证据。但在这一刻，宇宙的真相并不比逗笑身边的女孩更重要。

“莲超，你过来！”阿穆又回到了屋顶的边沿，拍了拍身旁的位置，示意苟姐坐下。

苟姐当然是有些害怕的，但这方屋顶此刻弥漫着让人勇敢的魔力，便不甘示弱地、大着胆子坐了过去。纵然只是三楼，那高度也好似深渊一般横在眼前，看一眼仿佛就能想象自己掉下去摔得粉身碎骨的样子，苟姐本能地向阿穆的方向靠了靠。

“哎，原来你是个胆小鬼窝！那我来教你一个方法，别看下面，看上面。”阿穆轻轻拍了拍苟姐的肩膀，这轻轻的触碰让苟姐打了个激灵。

“你怎么……嗯……这么晚了……你怎么还在这里呢？”苟姐慌乱地摸着自己的头发。

“我都跟你说啦。”阿穆望向头顶的天空。

“如果在看天的时候呢，就都好似没有离开家一样窝。”阿穆仰着头，轻声说道。

“啊？为什么呢？”

“因为虽然地上变了，天上却不会变的。”

阿穆用近乎膜拜的眼神望着星空，侧脸的轮廓映在苟姐的眼中，竟是那么顺眼。苟姐似乎看见了那个南方海边的小孩，在沙滩，在山野，在城市，一次次抬头望着天空，这些恒久不变的东西让他感到安稳，以应对世事的无常。

人与人的相交相识相知，本亦无常，苟姐此时根本不了解关于阿穆的一丝一毫，但却从这一刻开始理解他。这种发生在刹那间的理解甚至超越了她对孙瑞阳、对哥哥、对父母的一切理解，轻易地就进入了她灵魂的深处。于是她也试着抬起头，看着满天耀眼的光芒，看着那颗并不完整的月亮，去观察月亮上那些细小的暗斑，去感受阿穆所说的“家”。

忽然间，苟姐感到阿穆的手搭上了自己的手背。她只感到浑身发热，想抽离，却无法动弹。她甚至不敢侧脸去看他，只能僵硬地抬着头，用余光看见阿穆也依然仰望着天空。苟姐脑中一团乱麻，算计着关于这个夜晚的千万种可能。

阿穆的手忽然停了，移开了，似乎在等待苟姐的回应。苟姐不知道他的手到底去了哪里，也不知道该做出怎样恰当的动作，只能等待着，而阿穆那边却再也没了动静。苟姐感到自己的指尖都开始发烫，忍不住了，转头望去，却看见阿穆也正在望着自己。

苟姐紧紧闭上了眼睛，当作对他的回应。她感到一股热气缓缓靠近自己，而自己像是一块故作坚强的冰，在这团炽热的能量面前，就快化了。

天空好似一个识相的旁观者，推来了几朵云彩，为这个夜晚的屋顶熄了灯。

第三次见到阿穆，他像南方温暖的潮水，在月亮的牵引下慢慢涌起，淹没了荀姐的全身。

五

回想到那个夜晚，即便荀姐已经年过五十，依然是满面潮红。

她已经想不起来上一次和丈夫亲密是什么时候，或许再仔细想想还能勉强记起。但再上一次呢？上上次呢？手中那块阿穆送给她的石头，就像回忆里他的触感，坚实而粗糙。

或许记忆的用处便在于此，在生命漫长的枯萎中提醒自己，曾经丰盛的样子。

六

那个夜晚之后，按荀姐看的那些小说里的说法，荀姐成了一个女人。

自从了解了成人世界的规则，荀姐曾经在心里一次次勾画出这一夜应有的样子，却从未想过会在自己家楼顶的天台上，会如此草率，如此随意，如此经不起推敲，而对方竟然是……是一个几乎等同于陌生人的……阿穆。

羞愧、自责、慌乱，这些情绪奔涌在荀姐的心头。

她内心世界的居民——爸爸妈妈、哥哥嫂子、朋友同事，甚至擦肩的路人，都一个又一个地走到她的面前，指责着她。与此同时，她又对抗着另一种强烈的感觉，那种与另一个人抛开所有外在的桎梏，深切地交融在一起——令人沉醉、愉悦，却又黏腻、模糊的感觉。

荀姐知道，在自己的内心，明明是感到欢喜的。但即便是在自己的内心，在这个只有自己可以主宰的地方，她却竟然不敢去欢喜，还要生生地抹去这欢喜，要自己去羞愧、去自责、去慌乱。

她特别想告诉服务社的小娟，这件事并不痛苦，但她开不了口。

还有阿穆，这个如野草般生动的男孩……男人，他到底是什么样的？自己是不是真的喜欢他？荀姐一次次地问着自己。

阿穆和自己同龄，是广东人，从小在海边长大，父母被派遣过来工作。阿穆很黑，很瘦，很喜欢看天。阿穆的普通话有让人发笑的口音，阿穆高中就辍学了，阿穆是个胆子很大的男孩，阿穆想家。

这是那个夜晚之后苟姐对阿穆仅有的认知，要如此就确定自己喜欢他，似乎并不足够。她一直号称要找一个自己喜欢的人，却不知道自己到底喜欢什么样的人。

没关系，苟姐告诉自己，我还有时间可以去思考。可惜在时间的另一端，还有人在不断催促着她。

第二次见瑞阳的时候，苟姐已经一周没见过阿穆。

其实在楼道里和阿穆偶遇过一次，阿穆拦住苟姐想说些什么，但苟姐本能地避开了眼神的交汇，迅速地闪开了。阿穆似乎也因此而明白了她的意思，一直不再相遇。

阿穆的心思，苟姐猜不到。但苟姐自己其实从未想过是否被占了便宜，抑或是阿穆是否是个不负责任的男孩。她心知这一切都是在自己的默许下发生的，自己甚至也是享受的，但她无法面对自己的感受，也不明白自己为何要那样做，为何要像一本最劣质的爱情小说，把自己献给一个并不熟悉、并不优秀，也并不精致的男主角。

要说优秀与精致，阿穆甚至不及瑞阳的十分之一。

瑞阳和苟姐约在了城市里最好的宾馆的西餐厅，入座后，瑞阳问出的第一个问题，是问苟姐为何没有再戴一朵黄角兰。

“上次你戴了，很漂亮，也很香，很配你。”瑞阳说。

苟姐于心有愧，假装害羞地笑起来去掩盖心中复杂的情绪，同时少女的心也真实地被这个细致的观察者打动。她也默默观察着瑞阳吃饭的姿态，她知道吃西餐有些规矩，但她不愿问，更不愿表现得难堪。好在瑞阳倒是自然地玩弄着刀叉，一副很熟练的样子。苟姐依样画葫芦，切着一块有些柴的牛排。

“今天，我们聊聊你吧。”吃了一会儿，瑞阳忽然说道，语气活脱脱像个和员工谈话的领导。

听到这句话，苟姐愣住了。瑞阳还以为是因为自己不够得体，却不知苟姐只是忽然想到，自己从未和阿穆说过关于自己的事情。进而又想到，就连父母、哥哥，也甚少让她聊聊她自己。她生活里的每个人都关心她，都和她交流，与她谈心。但仔细想来，大家好像只是在关心那些和她有关的事情，她自己的感受、自己的心情，从来无人问津。

或许也正是因此，她自己甚至缺乏练习，从来都不知道该如何去梳理自己，才会连在自己的内心世界里也软弱不堪，不断卡在生活的阶梯上，进退两难。

“我？我有什么好说的。”苟姐讪讪地笑着。

“有啊，当然有了，关于你的事情，我都想知道。”瑞阳直勾勾地看着苟姐，看得她心慌。

“不，我真的……没什么好说的……”苟姐一再拒绝。

“念秋，关于你，我可能没什么好说的，你的朋友可能没什么好说的，甚至你的哥哥、你的父母可能都没什么好说的。但你自己，只有你自己能告诉我，你是什么样的人。”

“如果你都不能告诉我，那还有谁能告诉我呢？”瑞阳依然直勾勾地看着苟姐，眼神里满是炽热的真挚，但那种温度和阿穆不同，更平和，更坚定。

苟姐退无可退，好像一个在课堂上被点名回答问题的孩子一样，踉踉跄跄地开始讲述关于自己的事情，实在聊不下去了，就插播一些在服务社里听别人打电话听来的奇闻逸事。而这踉踉跄跄之中，也自然地铺陈着一些精致的序言，比如哥哥的工作、爸爸的身体。这些自己说出的话、自己说话的方式，让苟姐暗暗吃惊，仿佛自己也在漫无目的的讲述中重新认识着自己。瑞阳在一旁听得津津有味，时而点评几句，时而安抚几句。他并不知道，或者并不在意，这里面的很多序言兴许就是说给自己的。

吃完饭，瑞阳提出绕个远路，从河边散步送苟姐回家，苟姐拒绝了。瑞阳又以为是自己操之过急，却不知道，苟姐只是累了。

苟姐也没想到，聊自己的事情，聊自己的心情，带着某种目的去表达自己，原来这么累。

回到家，父母期盼的眼神逼着苟姐给出一个交代。

“还行，很细心。”苟姐如是说。

“细心好啊！细心才能照顾好你！”妈妈一听，细心至少是个褒义词，兴奋地说着。

“确实，细心很重要，你爸我就很细心。”爸爸也敲着边鼓。

“就你？年轻的时候还行，现在才知道都是装的！别听你爸瞎说，你和小孙都聊什么了？你说说看，我给你参谋参谋。”妈妈还在刨根问底。

“聊了……聊了我。”

“你？”

“对，聊了我。”

“嘿，你有什么好聊的。”

苟姐应付了两句又回到屋里，瘫倒在床上。

是啊，自己有什么好聊的呢？的确是生得好看些，还能好看过王祖贤吗？的确是憧憬爱情，却也爱不过琼瑶笔下的男男女女。至于理想，当医生、当老师、当解放军，亦是太普通的理想，况且也一个都不曾实现。普通的家庭，普通的生活，一切都这么普通的自己，有什么好聊的呢？越是这样想，越觉得和瑞阳的这一餐饭像是一场灾难。

哦！对了！自己的姓并不普通，还闹过不少的笑话，下次就说自己的姓吧。想到了下次聊天的内容，苟姐突然轻松不少，就这么睡着了。

躺了一会儿，睁眼已经入夜，窗外的天空清朗如新。苟姐悄悄把头伸出窗外向上看，看见了一双拖鞋在屋顶的边沿晃荡着，好像冥冥之中有什么在召唤着她。

七

如果再见到阿穆，自己该说些什么呢？要介绍自己的父母给他认识吗？要从此不再见瑞阳吗？要像古时候的女子一样去讨要自己的名声吗？

如果只有百分之六十的心情想要去拥抱他，如果还有百分之四十的心情想要逃离他，如果去做了其中的任何一样，便是要把这原本可以模糊不清、左右难平的东西带入这个扎扎实实的现实世界里来，让它化为有形，让它把百分之六十或四十，统统变成了百分之百吗？

荀姐的问题，如瑞阳一样聪慧的人，也未必能回答。

放弃了思考，放空了自己，荀姐如梦游一般地又来到了屋顶。

这一次，荀姐没说一句多余的话，只是在阿穆还没反应过来的时候就抱住了他。慢慢抚摩着他背脊的筋节，摩挲着他粗糙的脸庞，启动着他的欲望。两个人刻意彼此疏远了一周，谁也没问为什么，似乎那并不重要。

荀姐背靠着楼顶的烟囱，把头枕在阿穆的颈窝。

“阿穆，说说你自己吧。”她悄声说。

“说我自己？那你明天中午都回不去了窝！嘿嘿，嘿嘿……”阿穆自以为好笑的笑话并没有换来苟姐的捧场，只能兀自傻笑起来，望着远处。

“这里不好，要爬到三楼才能看见地平线窝。不像我老家窝，出门就有的看。”阿穆感叹道。

“那就从你的老家说起？”苟姐说。

阿穆沉思了半晌，开始缓慢地、尽量准确地讲述起自己的故事。

苟姐本以为阿穆身上总该带着别样的故事，才会有别样的魅力。可阿穆的故事里没有任何的惊喜，也没有任何的惊吓，几乎可以等同于任何一个南方男孩的历史，平凡得像一张老信纸。但苟姐依然听得入神，时不时纠正他的发音，问一些南方的人事讲究。直到天色泛白，苟姐才慢慢明白了，阿穆没有像瑞阳一样值得大说特说的精彩人生，却也不像自己一样自认平凡。只因为他是阿穆，他家的船、船行的海、海边的狗、狗刨的坑、坑里的泥土，关于他的所有平凡，都显得精彩。

再和瑞阳见面，苟姐试着像阿穆一样去说那些生活里最最细小的事情，也按计划讲了自己那些因为姓“苟”而发生的趣事。比如小时候总被叫“小狗”，还被人起了外号叫“狗撵球”。瑞阳乐呵呵地听着，时不时发出些捧场的评论，听到“狗撵球”时笑得合不拢嘴，见苟姐表情严肃又赶紧表示歉意。

“完了！我就不该告诉你！你现在一叫我念秋，是不是就会想到这个‘狗撵球’？”苟姐嘟囔着，假装生气地说。

“那当然了！”瑞阳毫不犹豫地点着头。

“你！你别出去瞎说啊，别人都不知道的！”苟姐被瑞阳逗得急了。

“我才不和别人说呢！你看，别人都只知道你叫念秋，现在我还知道你叫‘狗撵球’，这就是我和你之间的秘密了！”瑞阳大概是自觉和苟姐已经熟络起来，说话的分寸也逐渐放开。

“那要拉钩！”苟姐笑着说。

“好！”

拉完钩，瑞阳借势握住了苟姐的手，他感到苟姐的身体发出了一阵微小的颤抖，又很快放开了。

“我希望，我们之间可以有越来越多的秘密。”瑞阳如此说。

这是一句属于男女之间最初的情话，而瑞阳永远无法料到，它会以怎样的方式应验。

苟姐脸红了，羞涩得像一朵花。但她想到阿穆的时候，羞涩就成了羞愧。

“莲超，你今天做什么了？”阿穆问苟姐，而苟姐此时早已不再去纠正他如何称呼自己。

“去……去见了个朋友。”苟姐低着头，没敢直视阿穆。

“哎哟！你都有朋友窝，我都很羡慕你了！我就你一个朋友窝，莲超，你不要抛弃我窝！”阿穆依然是阿穆，说着这种自以为是的笑话。

“其实也不算朋友，就是……市长的儿子。”

说出这句话，苟姐自己都吃了一惊，暗暗责怪着自己。她和阿穆的关系换任何人来看都是出格的，而即便如此，她也从未因此觉得自己对不起谁。但这一次，因为这句脱口而出的话，她第一次对瑞阳感到十万分的抱歉。

“市长的儿子？那一定是个正经人了！我就不一样了窝，我爸以前开船来的，我是船长的儿子！哈哈！”阿穆说这句话的时候背过了身子，如果此刻的表情会成为他生命里的某种证据，那这证据注定要失踪，永远不可考证。

就这样，盘桓在阿穆和瑞阳之间，苟姐成了一个坏女人，至少她是如此怀疑自己的。

什么是“坏”呢？苟姐问自己——大概就是不负责任的贪婪吧。她贪图瑞阳的沉稳，贪图阿穆的热情，贪图关于瑞阳的未来，贪图拥有阿穆的现在。为什么呢？或许因为她既不够沉稳，亦不够热情，无法想象未来，亦无法控制现在。

在她的身体里，有些本该长大的部分从未长大，如今要用来支撑起关于人生的选择，才发现空空荡荡，孱弱无力。她甚至懒得去分辨自己到底喜欢谁更多一些，因为一旦得出了答案，就被迫要去放弃些什么。就这么糊涂着吧，也挺好的。

八

古人说，难得糊涂。

但糊涂也是绝佳的避难所，是逃避的另一种形态。难得糊涂，也是在告诫世人，不能总是逃避。这道理当年的苟姐自然是不懂，如今年过半百，终于明白了一些。

丈夫此刻大概已经满脸通红，结束了第一轮的敬酒，开始了“自由搏击”的阶段。女儿呢？或许在夜空下的某个角落和男友散着步，说着浪漫的情话。锅里热着中午的剩菜，苟姐还拿着那块石头，游荡在漂亮的落地窗前。

如今的这座城市，即便住到了二十七楼也还是看不见地平线，倒是天空依然悠远而沉寂。诚如阿穆所说，看着这片天空，苟姐想念起梦里的家乡，即便家乡就在脚下。

阿穆说过，地上会变，而天上永恒。

雾霾那几年，天空灰暗，苟姐常常看不见月亮，看不见金星。现在算是治理有成，满月又爬上天来。那月亮圆得完美，毫无残缺，任谁也无法相信，有人从那里掰下来一块石头，送给了苟姐。

九

那天刚刚下过雨，深夜屋顶的空气里满是青草和泥土的气息。

“念秋。”阿穆第一次叫对了苟姐的名字。

“阿某，你该感谢我窝！你现在的普通话进步不少啊！”苟姐学着阿穆的口气，笑着说。

“念秋，我是专门练习的窝！”

阿穆这次的表情有些严肃，他轻轻握住苟姐的手，细致地抚摩着。

“念秋，你知道我之前为什么都没有对你说要和你谈对象吗？”

阿穆把“谈对象”三个字说得很重。苟姐心里一惊，忽然意识到阿穆好像真的从未对自己提出过任何的要求。他就像自己藏在屋顶的秘密，从来都只是自己去贪图他，从来都理所当然地出现在那里。但她却从未想过，或者不愿去想，他是否也有属于他自己的贪图。

“谈对象”这个词是阿穆专门找人学的，他认为用苟姐的语言去表达，比起“拍拖”这样的词语更有诚意。

“我今天找到工作了窝，念秋，我以后就在东郊那边的鞋厂搞生产，一个月有一百五十块！”

“所以……我现在，正经了窝！念秋。”

阿穆像从前一样笑着，看着荀姐，但他显然在期待着什么，笑起来已经有些费力。这时荀姐才发现，阿穆今天穿了一件新买的短袖衫，虽然依然蹬着一双拖鞋，但穿上了袜子。

荀姐沉默了，她可以说些无关紧要的话去应付阿穆，但她不愿意。她一直知道这样的生活是“错”的，这一刻她明白，该结束了。而眼前的这个“有所求”的阿穆，或许才是真实的他吧？那个原本纯粹而美好的阿穆，或许一直都只是一个荀姐自身无比自私的投影。

荀姐想再去抱着他、占有他，但她也不愿再做那个人了。

忽然间，她想起了瑞阳。

孙瑞阳，这个人到底在荀姐的生命里有多么重要，即便到老也无法说清。荀姐总是不断想起他，虽然想不起他的脸，想不起他那威风凛凛的父亲，想不起他精彩的履历，但他的话语总是回响在荀姐的心里。

哪怕只是这么一句话，也值得用余生去感激。

“阿穆。”荀姐望着阿穆，阿穆猜想她接下来的话就要宣判自己，笑容早已垮塌。

“阿穆，我们今天，聊聊我吧。”荀姐说。

荀姐第一次，轻松地、全盘托出地聊起了自己，聊起了父母，聊起了哥哥，也聊起了瑞阳。而听到瑞阳就是那个“市长的儿子”时，阿穆的眉头轻轻皱了一下。

荀姐对阿穆讲述了自己内心深处所有的纠结和不堪、压力与迷茫。这些挤压在她身体里的东西在这一刻被倾倒进了南方的海里，她不知道这海是否能消化它们，或是卷起浪来把它们拍打回她的身上。

“念秋，如果那个瑞阳不是……如果我是……”阿穆结巴起来，毫无平日的风趣潇洒。

“阿穆，你说，我喜欢你吗？”荀姐真诚地望着阿穆，似乎期待着他能回答。

阿穆紧闭着双唇，一言不发。

“人，总要长大吧。”荀姐也没等待他的答案，望着他身后的月亮，淡淡地说。云朵缓缓移动，月光渐暗，阿穆的轮廓也逐渐模糊起来。

“就好像月亮一样，明天和今天总会有些变化，一个人只想要今天的月亮，就太自私了。”

“你喜欢今天的月亮窝？那我就给你摘下来！”阿穆忽然站起来，高高举起手，一蹦一跳的，非常滑稽。

这一幕并没有逗笑荀姐，但她知道这是阿穆的方式，是他应对尴尬，甚至逃避的方式。

摘月亮，世间多少男孩都说过这样的情话。但阿穆就是阿穆，他就是总能去做那些很多人都做过的事，却让它显得独特而珍贵。

“哎哟！”

这一声惊呼毫无演绎的成分，阿穆似乎是被楼顶的水管绊了脚，忽然踉踉跄跄地往边上倒去，眼看着就要摔下楼。荀姐一屁股从地上坐起，伸手抓住了阿穆的一只脚。谁知阿穆这人虽然看起来瘦弱，实际上毫不轻盈，连带着荀姐一起摔向了楼顶的边缘。

原本浪漫的情景，只在刹那之间就成了人生的转折点。阿穆和荀姐一起，从三楼的楼顶摔下。

十

再次恢复意识的时候，荀姐发现自己趴在阿穆的身上，两个人摔在了一片深深的灌木丛里。

荀姐只是有些手臂上的擦伤，而阿穆被她压在灌木之中，满脸是血，不知生死。仔细一看，他左耳根部被灌木的枝丫几乎割掉了一半。荀姐此刻几近失去了声音，衣衫不整，不断摇晃着阿穆。

阿穆的手忽然动了一下，眼睛也缓缓地睁开。惊恐之下，荀姐完全不知道该如何面对眼前这一幕。而这时，一楼的一户灯光亮了起来，大概是听到了两个人坠楼的动静。不远处渐渐响起了邻居出来询问的声音。

“念秋，快跑。”阿穆忽然含混不清地说着。

“被别人看见，对你不好。”

阿穆抬起手，放到了荀姐的身前，他的手里捏着一块石头。他竟然笑了。

“太大了，摘不下来，就一块石头。”

这石头显然是刚刚从灌木丛间的地上捡起的，还沾着些雨后湿润的泥土，而阿穆看起来也处在剧痛之中，却居然强忍着笑了出来，尽量保持着那个滑稽有趣的自己。

“念秋，快跑。”

那个时刻，荀姐在后来的日子里曾经无数次地回想起来。

在那一刻，一切语言和有形的感受都消失了，一切可以被文字和姿态所表达的屏障都被刺穿。似乎她这一生也只有在那一刻，终于可以抛开一切束缚，走进自己的内心，去见到那个被囚禁在其中的女孩，去看见她，去拥抱她，去询问她。

“嘿！念秋，是我啊，我就是你。”

“念秋，你要……跑吗？”

十一

今夜的月亮无比圆满，是它应有的、成熟的样子。

但即便是这世上最傻的孩子也明白，明天它又要残缺起来。

丈夫在身边打着足以扰民的呼噜，即便洗过澡也散发着消散不去的酒气。

那块石头已经被收拾妥帖，放回了床下。它就像一瓶荀姐私藏的红酒，愈老愈醇，却只能独饮，无法分享。丈夫曾经送给她无数价值连城的礼物，戴在手指上，放进柜子里，藏在抽屉中，却没有一件能比得上这块被压在幽暗床底的、已经干枯的石头。

荀姐转过身去，丈夫肥硕的后背随着呼噜声起伏着，她轻轻靠近，慢慢抱住了他。

她把头靠在丈夫的头边，吻了他的左耳。

是的，或许他最终成了另一个人，一如所有成长的骗局。

但荀姐并不在意。

“阿某，我爱你窝。”她轻声地说着。

在丈夫左耳的耳根上，留着一道长长的伤疤。

弯弯斜斜的样子，好像一轮并不完美，却烙印在永恒天幕中的不变的月亮。

听见猫声

年纪越大，日子的脚步越轻。

像猫一样，无声地穿行在岁月里，虽明知是在那里的，却难觅踪影。

唯有些毛发遗落在生活细小的夹缝中，是它来过的证据。

一

老李坐在落地窗前的老藤椅上，夕阳的光芒如冰，凝固了他脸上的皱褶。

七十来岁了，花白的头发正如生命的预言般凋落殆尽，藤椅发出轻微的吱呀声，但这种程度的声响，老李已经听不见。

老李本来是叫李解放的，年轻时遭遇家族变故，改了名字叫李解，听起来竟也文雅许多。

改名叫李解以后，这世界上只有一个人还叫他原来的名字李解放，是他年幼就相识的爱人。爱人十几年前病逝后，没人再唤他从前的名字，老李孤独的过往开始在回忆里萎缩，像老树悄然枯萎的根。

老李所住的小区不算新，但地段好，是老李二十年前为自己和爱人买下的。房子在一楼，饭厅的落地窗外送了一方面积不大的花园，正是这花园俘获了爱人的心，让老李狠心掏出了当了大半辈子会计的积蓄。后来房价飞涨，老李总说幸好自己耳根子软，听爱人的话才买下了这房子。可惜无论耳根子多软，也换不回一个活着的爱人。

爱人生前钟爱园艺，这花园原本是交给她料理的。她大名叫玉兰，便也种了几棵玉兰树，开起花来活色生香，老李心中喜乐，每天都要坐在落地窗前美滋滋地欣赏，那是他最后感到幸福的日子。爱人走后的第二年，玉兰树便全都死去，花园从此荒芜起来，像一则拙劣的寓言。老李也曾试着挽救，并不成功，无花也无果。

如今花园里大部分地方都堆着杂物，唯有一个角落里放着一幢纸壳搭建起来的小房子。小房子歪歪扭扭的，显然搭建的手艺并不精湛，不知情者大都认为是孙子的手笔，却不知实际上是老李亲自搭起来的。

每逢日暮，老李依然会坐在那老藤椅上，看着窗外的花园发呆。

他在等待一只猫。

猫这动物，脚步本轻，来去如云。

老李在花园的篱笆上装了几个小铃铛，每当篱笆外的灌木轻轻摆动，摇晃着小铃铛响起清脆的声音，便是猫来了。

一只黑色的公猫，轻跃穿行时带起些尘土，却掩盖不了一身乌黑油亮的毛发。唯有四个爪子是白色的，邻居们都说这叫“乌龙踏雪”。猫知道路，自己走进老李搭起来的纸房子，在角落里找到了老李提前放置的猫食，回头看老李一眼，像是在说：“我开动啦！”。

吃完猫食，黑猫会蜷缩在纸屋里一处干净的角落，对着在不远处一直望着他的老李“喵”一声。老李听明白了，便从藤椅上起身离开，去厨房做自己的晚餐。一场十分钟的约会，定时散场。

黑猫目送老李远走，开始一寸寸舔舐自己的身体，自觉干净了再伸个毫无章法的懒腰，摆了个舒服的姿势睡去，等老李再来看它的时候，往往就已经不见。

或许因为猫被人类驯化的时间并不长，才会在某些瞬间里，像极了人。

黑猫并不是老李养的，准确地说，它是老李的朋友。

老李与黑猫交情不浅，已经认识十几年。黑猫的父母是曾经常在小区出没的两只已故的大白猫，一对白猫生出黑猫实属罕见，若能说话，想必要有一番关于忠诚的争吵。

黑猫生下来就无人认领，在小区里四处乱跑。老李偶尔喂过几次面包，黑猫便时不时来老李的花园里拜访。老李起初是拒绝的，但那黑猫看他的眼神好像一根可以拐弯的针，绕开了老李坚强的面目，探入了他藏在眉毛深处的孤独。那时老李刚刚丧偶，之前长达两年的时间里在家和医院之间来回奔波，耗尽了他的心力。正在生活巨变中颓废着的老李知道，那猫已经看出来了，他老李平日里也根本无事可做，无人相伴，默默度日。不喂这猫，还能喂谁呢？

老李，早就老了，时光流逝，不过是更老而已。但这黑猫十几年间却从一只巴掌大小的小乳猫变成了如今的老江湖，按猫界的年龄来算，老李现在或许还得称它一声“哥”。

后来，老李也偶尔拜托儿子去买些进口的猫食，周末过来看望自己时再带过来。“我爸爱喂流浪猫”——这是儿子小李给老李下的定义。但老李是拒绝称黑猫为流浪猫的，“人家有家！小区就是它家！哪有什么流浪的说法。”这是老李的理由。

“但是它没有主人，没主人的猫就叫流浪猫。”小李的理由似乎也说得通。

老李也试过成为黑猫的主人，可惜人家不羁放纵爱自由，每次请进家门后，只是留下一屋子脏兮兮的爪印又悄然离去。失败了几次，老李也就随它去了。

老李是资深的会计，习惯了什么事情都得算算，唯独对于这猫，他只是笑呵呵地给予。

二

去年一个阴冷的雨天，黑猫带来了一只狗。

黑猫用走钢丝一样的高难度姿势在雨中的篱笆顶上来回踱步，一声长一声短地叫着。老李心知有异，冒着雨去花园里一看，篱笆外面蹲着一只小花狗。

这小花狗体形不算大，短鼻子短腿，大眼睛胖屁股，看起来是个混血。小花狗和黑猫一样全身湿透了，黄白相间的毛发里裹着些泥浆，抬头望着老李，摇晃着尾巴。这小花狗的外形虽不占优，却摆出一副讨人喜欢的样子，扑闪扑闪的大眼睛让老李很是受用。

季节变换中，这一场雨让气温骤降。老李不忍心，便把小花狗抱了进来，找出块不要的毛巾简单擦了擦，放进了屋。说来也怪，小花狗一进屋，黑猫也跟着进来了，蹭着老李的裤管，大概也要求给自己擦一擦。而猫、狗身上的毛发太浓密，擦完了依然裹着泥土细草，老李索性给它们各自洗了一个澡，再从柜子里找出很久没用的吹风机，吹了满地的毛。

前后折腾了三个小时，老李累倒在沙发上。他的腰一到阴雨天就疼得厉害，有些后悔给自己揽了这么一摊子事情。歇了半晌，老李发现黑猫竟没有要走的意思，已经找了个角落趴下，又开始舔舐身体。小花狗也毫不见外，左闻右闻地围着老李转悠。

小花狗是一只母狗，泪痕深邃，毛发杂乱，显然无人打理。或许是流浪狗吧？可它同时又毫不怕人，一副和人类相熟的样子，又或许还真有个主人？老李有些纳闷儿。

关键的问题是，它很胖，趴下时腹部的赘肉摊在地上，像个圆鼓鼓的毛球——这世界上没有任何一只流浪狗可以胖成这样。老李去养狗的邻居家借了些狗粮，小花狗闻了闻便走开了，倒是喝了不少水。它到底饿不饿？难道瞧不上吗？看包装，这狗粮也不便宜。

雨下了一夜，黑猫直到天亮还睡在老李卧室的门口，小花狗则蜷在了床头和衣柜的缝隙之间。老李起初还担心它闹腾，没想到全是多余，一夜无声。

“懂事儿！”老李轻叹道。这是他对小花狗最初的评价。

吃过早饭，小花狗在门口转悠，一副着急的样子，嘴里还哼哼唧唧地说着些什么。老李琢磨了一会儿才想起来应该是要遛狗的，便打算带着小花狗出去散步。走到门口又忽然疑惑，这狗为何一定要出门解决屎尿？还没来得及思考，黑影一闪，黑猫也跟了出来。

老李并没有遛狗的设备，属于“散户”，按现如今对遛狗者的要求来说，大概要算在“没素质”的范畴里。但这小花狗仿佛认准了老李，即便遇上别的狗也是寸步不离，倒没有惹出什么事情。黑猫呢，悄悄地穿行在步道边的草丛中，无论老李和小花狗走到哪里，它都以一副满不在乎的表情存在于不远的地方。

老李一直拒绝给黑猫取名字，说人家既然不愿进门，就别给它取名字，取了名字便要承担责任。就叫它黑猫吧，也挺好。对于小花狗，老李是一样的心思，就叫它小花狗。奇妙的是，小花狗竟然也能应老李的呼声。

一边散步，一边打听了一圈，没人见过小花狗，看来并不是小区里走失的宠物。

直到晚上，小花狗大概是拉屎之后腹中空洞，终于饿急了，勉强吃了些狗粮。黑猫还是老样子，趴在角落里默默守着老李和小花狗，毫无离开的意思。

猫、狗的心思老李琢磨不透，但一夜之间从独居老人变成了猫、狗双全，有些欢喜，又有些措手不及。

“你说说你，到底打哪儿来的？有没有主人啊？你主人着急不着急啊？你想不想他啊？”

老李趴在床边，笑嘻嘻地看着小花狗。

“我看你也不着急，就知道在我这儿瞎耗着。”

小花狗一双水汪汪的大眼睛滴溜溜地转着，媚眼如丝，瞧得老李受不了。

“哎哟！我的小祖宗，算你行！你说说你，这么懂事儿，这么乖，谁舍得扔下你呢？”

“还有你。”老李转头，看向趴在卧室门口的黑猫。

“叫你进来多少回了，每次都待不了几分钟就跑了，这下倒好，在我这儿做窝了？”

“你说说你，你一公猫，跟人家一母狗这儿瞎起哄，你知道你们不是一个物种吗？傻小子。”

黑猫早已不是傻小子，一定要说的话也是傻老子。但老李说得乐呵，左一个“你说说你”右一个“你说说你”，愣是自己把自己给说累了，躺在床上关了灯想睡去，却又不自觉地笑了起来。

“再这么下去，就要给它们取名字了啊。”

老李七十多岁，其实也有少女般细腻的心思，只是动物不懂，又无人可说。

三

几天过去，小花狗和黑猫几乎是无缝接入一样地进入了老李的生活，老李偶尔下楼散步，似乎也没听说谁家丢了狗，心里渐渐踏实了下来。

有时出门办事，回家便要受到小花狗热情的招待，这是专属于狗主人的幸福。生命这东西，即便不能言语，也有属于自己的热量，老李冰冷的生活被一猫一狗渐渐焐热了，屋里弥漫着一种带有温度的气息。这房子冷清了十几年，也终于热闹起来。人精神了，脑子也开始活泛，甚至想起来很多早已忘掉的往事。其实婚后老李试着提过养狗为伴的想法，但那时的生活条件太差，养活自己尚且困难，加上爱人喜净，嫌狗的屎尿脏乱麻烦，他便把这想法收了起来。如今有一只如此懂事儿的小花狗闯入了生活，倒像是某种补偿。

在老李眼中，小花狗实在是太乖了，从不胡乱吠叫，从不随地拉屎撒尿，或许是已经过了磨牙的年纪，家中的拖鞋、地毯、沙发也都平安无事，老李所听说过的关于养狗的麻烦无一应验，唯一兑现的，是每个狗主人都拥有的那一份快乐。

但有时老李又觉得，这小花狗是不是过于听话了？以至于显得有些拘谨，像个客人。转头一想，人家本来也是个客人。

偶尔老李逗着狗会忽然惊觉自己冷落了猫，转头寻找黑猫，黑猫便“喵”一声示意自己的所在，但仅此而已，似乎也并不在意。黑猫从不和小花狗玩，最亲昵的举动不过是拿爪子挠一下小花狗的后背，对老李也不算热情，即便老李出门一整天也不过缓步过去蹭两下裤腿，这是属于猫的骄傲。

决定给黑猫和小花狗取名字，便是要把它们纳入自己的家庭，老李对此很慎重。当然，说是慎重，其实心中已很迫切，连续好几晚在书桌前罗列心仪的名字。

黑猫和老李是老相识，属于自己人，知根知底。而小花狗则不同了，老李打算先带小花狗去宠物医院做个体检，没问题的话，就给它“赐名”。

医生说小花狗的年龄不算小，看牙齿大概有八九岁。皮肤不太好，身上有些癣，掉毛问题也比较严重。

“你别总给它吃太咸的东西，人吃的东西都别给它吃，这是狗！不是人！以后只准吃狗粮！听见了吗？”医生义正词严，老李乖乖点头。

“你看看，你看看！谁家像你这么喂狗的？喂这么胖！告诉你啊，再这么下去，心脏病、肾病、关节病，老了以后一个都跑不掉！”医生继续严肃地教育着老李。这一番话让老李心里的不安又隐隐发作，有些犯嘀咕，毕竟从没听说过哪只流浪狗自己把自己流浪成了过度肥胖。而这种不安很快又被医生证实——小花狗已经做过绝育手术。

这意味着什么呢？老李很清楚。

推着自行车，小花狗乖乖地卧在车筐里，老李的心情很矛盾。

出于作为社会成员的责任感，老李觉得自己应该再试着去找找小花狗的主人。但在他心底，隐隐地希望永远找不到这个人，又或者小花狗并不是走失的狗，而是被主人主动遗弃的。想到这里又觉得自己实在自私，暗暗谴责自己。小花狗依然扑闪着大眼睛，斜眼看着老李。

懂得讨好人类的动物并不少，而狗之所以被人类喜欢，其中一个原因是狗的大脑对情绪的感知能力与人类是相当的。即便老李只是这么沉默地走着，小花狗也能感受到老李的心情，小爪子一把搭在老李握着车把的手指上，胜过千言万语。

老李停在了路上，细细感受着小花狗爪子里肉垫的温度。真像是爱人的手啊，仿佛在说——别，别离我而去。

不是我离开了你啊，爱人。是你，是你生病了，是你离开了我呢。

就这么推着自行车漫步在街上，不知谁忽然大喊了一声：“跟屁虫！”。

老李起初并没有听见，而那声音仍然坚持不懈地喊着，直到老李转头看去，原来是隔壁小区的保安。再仔细一看，那保安竟在向自己挥手。

四

隔壁小区的保安当然不认识老李，倒是一眼认出了小花狗，笃定地说这是他们小区里的狗。

老李心里一惊，担心遇上了什么骗局，但那保安说得头头是道，倒也可信。原来这小花狗的名字叫“跟屁虫”，被称作这个小区的“区狗”。据保安说，小花狗的主人从不让它进屋，一直养在一楼的楼道里，所以小花狗平日里总在小区里自己游玩。久而久之，小区的保安们似乎对它的熟悉程度还甚过了它那个所谓的主人。

那天下雨，或许是雨水冲散了气味，或许是贪玩走了远路，小花狗才会走到了街对面的小区，遇见黑猫，出现在老李家的门口。

“那个女人，对狗不好。”保安一副气愤的样子。

“从来不让狗进屋，下雨下雪都让它在外面睡。她根本就不管这狗，自己要不就完全不出门，要不就很晚才回来，就给狗带一点吃剩的东西。”

“什么鸭架子，卤排骨，火锅里涮的肉……”保安一口气说了许多食物，好像相声演员在报菜名。他显然也是心疼小花狗的，语气里带着些不忿，这些抱怨大概早就想说了，只是今日才有了老李这个听众，一定要一吐为快。

“狗哪儿能吃这些？狗要吃火腿肠的。”

纵然不满，他也没忘了一旁自行车筐里的小花狗，说话时手一直在抚摩着它，好像在说“别听别听，说的不是你”。

老李暗自苦笑，心想，这小花狗可真是一只人见人爱的狗，即便真的去流浪了，想必也能过得很好。随即又想起了自己费尽心思喂小花狗吃狗粮却屡遭拒绝的情景，以及医生的叮嘱，此刻他终于明白了原因。

听说老李捡到小花狗之后的经历，保安拍手点赞，说老李才是个合格的主人。他怂恿老李把小花狗认养下来，干脆就带回去算了。

“我就当啥也没看到，你就当从没见过我，好好养它！”保安悄声说道。

老李确实被这保安给说动了，但他一辈子都是个老实人，这事情思来想去总是没那么光明正大，以后每每走到这里总要心虚，还是应该和小花狗原本的主人说一声才好。况且，一个如此不在意狗的主人，想必也早已不愿再养了。说一声、打个招呼，你这女人少了个负担，我这老头儿多了份乐趣，这小花狗迎来一段好日子，可以说是圆圆满满，正正好好。

那女人住在一楼，保安带着老李走到了楼门口，一边走一边嘀咕着关于那女人的事情。

“你知道吗，这女人可漂亮，可惜是个小三，这房子根本不是她的，她男人一个来月才来看她一次，就这样还给她男人生了个孩子……”

老李向来不爱说闲话，皱起了眉头。而这保安还兀自唠叨着他们几个保安是如何分析出这女人并非正房，又如何在那男人开车进小区时刁难他。

老李终于不耐烦，示意他就此停住，自己进去找那女人就好。

开门的是一个约莫三十来岁的少妇，果然是个美人，精神却有些萎靡。

穿着一套丝质的睡衣，身材纤瘦高挑，看一眼便难免要猜测有多少人曾经拜倒在这睡衣之下，只是胸前有一块明显的污渍，显得不合时宜，惹眼，却又不敢久看。头发乱得不成风格，已经中午却还是一副刚睡醒的样子，隔着玄关也能闻到屋里凌乱的气息，混杂着一个小孩尖锐的哭叫声。

若换一个年轻的陌生男人站在这里，那女人大概还会不自觉地修饰修饰自己的妆容，而男人也不免散发出本性里危险的气息。但老李脸上的皱纹仿佛是一种证据，证明这个老头子是安全的。而他的心里确实也毫无杂念，甚至想着“如果当时再生下一个女儿，大概就是这个岁数了”。

“请问……”

老李话还没说完，脚边的小花狗就扑向了少妇，活蹦乱跳地围着她转，于是也不用再问了。

“哎哟！跟屁虫！”少妇惊呼道。

即便保安已经告诉过老李这小花狗的名字，老李也还是笑了起来，老李也猜测过它曾经被唤作什么，怎么也没想到竟然就叫“跟屁虫”，再一琢磨，倒也贴切。

但老李脸上的笑容很快就褪去，他吃醋了。小花狗在这女人面前做出了一个老李从没见过的动作——整个身体翻转倒地，露出细嫩柔软的肚皮，尾巴在地上横扫着，仿佛在说：快！快来摸我可爱的小肚子！

可无论小花狗怎么耍乖卖萌，那女人始终站在门口，一点也没有打算低身去亲昵的样子。

这女人说自己叫苏茜（但保安说她车位租赁资料上的本名叫于丽娟），已经在这里租住了很多年。她看起来晕晕乎乎的样子，脑子倒是清晰，老李简单几句便把自己捡到小花狗的事情说明白，苏茜也随着老李的讲解补充起来，说自从那天下雨，自己确实有很长时间没见到小花狗了。

见老李脸上一副掩饰不住的鄙夷的样子，苏茜又赶忙加上一句，说自己也出去找过，没找到。

老李一辈子没怎么骗过人，但总还是被人骗过，他知道这女人大概从未去找过小花狗，或者顶多去找过一次，只是萍水相逢，也不必拆穿。

见小花狗和她亲昵，老李也想证明自己和小花狗是有感情的，顺便提出把小花狗交给自己来养，便蹲下来叫小花狗。谁知小花狗竟纹丝不动地贴在苏茜的脚边，让老李很没面子。

“它是和我比较亲，我们两个……我们三个，也算相依为命，对吧？跟屁虫？”

苏茜这时才终于低头看着小花狗，言语温存，眼神细软如丝。若是个成年男子被这样的双眼看上一眼，被这样的声音唤上一声，想必也会如这小花狗一般瘫软在她的脚下。从苏茜的话里听起来，她的孩子显然年纪还不大，当妈的还不习惯把孩子算进“相依为命”的名单里。而无论苏茜的语气里有多少爱意，却始终不愿弯腰去摸摸小花狗，小花狗似乎也习惯了，一阵亲密之后已经安静地趴在了苏茜的脚边。老李也喜欢小花狗，想据为己有，但这一份欲念此刻被扼在了喉间，不知为何，就是说不出口。

屋里传来什么东西掉在地上的声音，苏茜皱起秀眉回头望去，又看了一眼老李，说了些道谢的话。老李明白，自己该走了。

五

回家的路上，清风袭人，老李并不那么失落。

他早知道世事不会尽如人意，生活的得失也从不会去征求他的意见，否则也不至于竭尽心力依然挽回不了爱人，晚景孤独。他是喜欢小花狗，但毕竟相处的时日不长，若要失去它，此刻就失去也不算坏事。

他倒是有些担心黑猫，这黑猫原本是因为小花狗才进了自己的家门，也不知道小花狗走了以后它还会不会留下，若是走了，老李马上又要从猫狗双全的幸福老头儿变回儿子口中那个喂流浪猫的独居老人。

果然，黑猫在屋里转悠了一阵子，“喵喵”地叫了起来，跑到厨房里放狗粮的柜子前守候着。老李看着这一大包或许很快会被扔掉的狗粮，触景生情，有些失落。在屋里呆坐了很久，吃饭也无味。

“要不我就假装去送狗粮，去看看它去？”老李如此盘算着，本已经平静的老心脏里又涌起些少年的意气，像个失恋不久的高中生。

入夜，隔壁小区的保安已经轮岗，但一听说这老头子是来看“跟屁虫”的，还带了吃的，也马上热情地打开了门让老李进去。

走进楼道，门口放着一张毯子，毯子边放着两个小碗，一个碗里盛着半碗水，一个碗里剩着半块鸡骨头，想来不是餐厅打包回来的就是外卖剩下的。老李没看见小花狗，心里顿感失落，忽觉背后有动静，回头一看，小花狗在他背后摇着尾巴，扑闪着大眼睛望着他。

若此时把它抱走，那叫苏茜的女人想必也不会追究，但老李想了想还是觉得良心上过不去，便敲开了苏茜的门，打算借送狗粮之名再勇敢地提出认养小花狗的想法。

过了许久苏茜才开门，打开门时屋里一片漆黑，没有一丝灯光。借着走廊灯的光亮，老李发现苏茜刚刚哭过，双眼红肿，左臂有一块明显的淤青。

这下可好，虽不知道这淤青和眼泪从何而来，但眼前这个女人显然正处于悲痛之中，老李准备好的一套说辞又打了水漂儿，全然派不上用场。于是说明了自己的来意，放下狗粮叮嘱了几句便要走。但苏茜看起来实在令人心疼，新闻上最近也总是出现家庭暴力之类的报道，出于礼貌，老李多嘴了一句，问她："你没事吧？"

不问倒好，老李一问之下苏茜又蹲在地上哭起来，这一哭又惊醒了屋里的孩子，跟着尖叫大哭。苏茜蹲在门口一动也不动，老李无所适从，二人一狗，僵持在走廊里，直到邻居出来喝止。

"烦不烦啊，天天就是哭哭哭，孩子哭了大人哭，让不让人活了？"邻居大姐看起来也是个知书达理的人，此刻却丝毫不留情面，显然这情景已不是第一次出现。

苏茜见那大姐的语气厉害，收起了哭声，小声说了句抱歉。老李心想今天不便再多说什么，转身要走。

“大爷，你……你能帮我个忙吗？”老李身后传来苏茜的声音。一回头，苏茜楚楚可怜的大眼睛正直勾勾地看着他。即便已经七十多岁，却也还是忍不住心中一荡，不由自主地点了点头。

进门前，老李看见小花狗在门外巴巴地望着自己，正想招手让它进来，门却被苏茜迅速地关上了。

原来苏茜家里一片漆黑和手臂上出现的淤青并不是因为什么惊悚的原因，不过是电路跳闸了。电箱的位置太高，苏茜踩着凳子去够却不小心滑倒，摔伤了手臂。或许是触发了心里什么未解决的议题，就此哭了起来。

若苏茜真是老李的女儿，哪怕是个晚辈，也是断然不会让七十多岁的老头儿踩着凳子去给她推电箱阀门的，但在这一刻，对苏茜来说，老李并不是个老头儿，而是个男人。

点亮灯火之后，老李目睹了此生所见过的最凌乱的房间，他甚至都无法想象自己是如何在一片漆黑之中从门口走到了屋里，整个房间都弥漫着香水和幼童屎尿的味道，加上那孩子时有时无的哭声，让人着实烦躁，也难怪邻居大姐毫不留情地责骂。

或许是使了歪劲，老李的腰有些疼，他拨开沙发扶手上的杂物，叉着腰坐了下来。

“孩子，没什么大不了的，这不是来电了嘛，回头你去看看电表还剩多少钱，不放心就再充一点。”老李试着安慰苏茜。

“大爷，你有孩子吗？”苏茜忽然问。

“有个儿子，应该……看起来比你大一些。”

“哦，是儿子啊。”

“对，就一个儿子。”

“那你儿子，他都会些什么？”

老李虽然是以儿子为骄傲的，但这样的问题好像从未听过，“会些什么”，这样的问法仿佛在问一个三四岁的小童，是会走路、会跑步，还是会说话、会唱歌？

“他跟我一样，是个会计，会什么我也说不上来，小时候下过围棋，现在也不灵了，最近好像在学什么进修班，以后想当个领导。”老李也不知如何回答，只能据实汇报。

“结婚了，孩子上中学了。”老李又补充了一句。

苏茜听完，也没再回应这本来就莫名其妙的问题，只是缓缓地叹了一口气。她坐在地上的衣服堆里，身板也不像白天那样笔直地挺着，歪歪扭扭的，像一朵枯萎的花。她身下压着一件白色蕾丝边的上衣，想必穿上了自有万种风情，此刻却干瘪在地，任她碾压。

六

“那什么，孩子，我看你生活也挺不容易的，里屋是不是还有个小孩呢？要不你那狗，小花狗……跟屁虫，先放在我那里养一阵子？”

老李终于看准时机，抛出了问题。

“好啊，你拿去养吧。”苏茜的答案几乎在老李的话音还未落时就说出了口，她盯着天花板上的空白，也不知是否经过了思考。她身上散发着一种失落与失望，这种感觉甚至让老李觉得自己是不是占了人家的便宜，哪怕老李此刻说要带走苏茜的孩子，说不定她也会同意。

“其实，跟屁虫也不是我的狗。”苏茜缓过神来，对老李说。

“你要带走就带走吧，我其实……我也不该养狗，我对狗毛过敏。”苏茜说罢撩起了睡裤的一角，把刚才被小花狗蹭上的狗毛一根根挑了出来，用纸巾包好，扔进了垃圾桶。

“跟屁虫是我刚刚搬来没多久的时候跟着我回来的，我也不知道它当时多大，从哪里来，总之走在路上就发现它跟着我，撵也撵不走，一直跟我回家。”

“我原本对猫啊狗啊都不是很感兴趣，自己都养不活，还养什么动物呢？”苏茜苦笑着说。

“但是那天下雨，特别冷，我也不忍心让它在外面待着，结果让它在家里住了一个晚上就打喷嚏打得鼻子都肿了，身上还起疹子。去医院看了，医生说是对狗毛里的什么东西过敏，没办法，只能再让它出去。”

这故事一样发生在阴冷的雨天，老李不由得回忆起第一次见到小花狗的情形。

“然后呢？”老李问。

“然后，就这样了。”苏茜看着紧闭的家门。

“如果是这样的话，你其实……也可以不用养它的。”老李委婉地说。

苏茜没说话，拿出了手机，翻出了几张小花狗的老照片给老李看，照片里的小花狗毛发依然杂乱，看起来也清瘦许多，一双大眼睛倒是没什么变化，也是如现在一样的惹人怜爱。苏茜拿回手机又翻了几张照片，微微笑起来，摩挲着屏幕，满眼爱意。这情景在老李看来实在有些滑稽，毕竟那屏幕里的狗就在几米之外，在门的另一边，这女人不打开门去看它，倒是要对着个冰冷的屏幕深情款款。

“我把它放在外面，给它吃了点东西，第二天它就不见了，我想它可能自己走了。”苏茜放下了手机，接着说。

“又过了两天，我回家，发现它蹲在我家门口。”

听到这里，老李又想起了黑猫。

“可能是缘分吧？它只来过一次，就记住了我家。我也想试试能不能把它养活，那就这么养着呗。我也不知道该叫它什么，其实也不想给它取名字，它自己要一路跟着我，就叫它跟屁虫了。”

“我带它去医院看过，医生说它挺好的，就是吃的……吃的东西盐和味精太多了，以后还是要吃狗粮。”老李能感觉到苏茜已经在尽力照顾小花狗，不愿把话说得太刺耳。

“对了，你给它绝育了？”老李想起来这件事。

苏茜听到这话，沉默了几秒，眼神里闪过一道流光，以极快的速度瞥了一眼里屋，屋里的孩子大概是哭累了，已经不再有声响。

收回眼神后，苏茜的身体出现了极为细小的颤抖，她低着头，深深地呼出了一口气，随即恢复了平静。这一切在短短几秒之内发生，留下些余波，荡漾在她灰黑色的影子里。

“是我带它做的，我其实不懂该怎么养狗，但……它这么总在外面跑，万一……那它该怎么办？我该怎么办？我觉得这样才是对的。”苏茜抬头看着老李，虽然在语言里认可着自己，但看表情似乎并不确定自己是否真的做对了，寻求着肯定。

“挺好的，你也不打算让它生，本来也该绝育。”老李点了点头，苏茜的表情放松了下来。

“你喜欢你就拿去养吧，我老公……孩子他爸爸也总是……出差，我一个人养我自己都费劲，养不好它。”

老李听保安说过，苏茜的男人似乎是有家室的，此刻却也不便询问。

里屋的孩子又有些动静，苏茜坐起身来进屋把他抱了出来。那孩子白嫩可爱，一双会说话的眼睛流动着种种情愫，像极了妈妈，哭起来那撕心裂肺的声响，也有些像妈妈。

打开门，又看见了小花狗那双大眼睛。老李心想，还真是一家三口。

七

老李明明得偿所愿带回了小花狗，却因为和苏茜的谈话而有些怅然若失。倒不是动了男女之情，一定要说的话或许是动了父女之情，觉得苏茜的生活实在有些让人心疼。老李临走时留下了自己的联系方式，让苏茜有空时可以来看小花狗，这本来是客气话，谁知苏茜还真来了。有时带着孩子，有时自己来。

起初，苏茜只是来看看便走，后来也坐下聊会儿天，再后来还偶尔留下吃顿饭，只是她一过来小花狗就得被关在卧室里——说来也讽刺，她竟是来看望这狗的。

老李数次邀请她“老公”来做客，苏茜始终坚称老公在出差，总是不在家。老李知道这是假话，但在老李的生活里与他说话的人太少了，即便是假话也乐得照单全收，至少不寂寞。算起来，老李和苏茜见面的频率倒是比自己的亲儿子还要高，自是越来越熟悉。和小孩子混熟之后，苏茜也试着小声拜托老李在她出门时帮忙照看孩子。老李抹不开面子，也答应了，儿子都四十多了竟又开始重操旧业，把屎把尿。好在也带过一段时间孙子，手艺还没有退潮。

老李好几次侧面打听苏茜平时是做什么的，都被她找话题搪塞过去。

一次，老李强撑着困意守着熟睡的小孩到了半夜，苏茜才酩酊大醉地出现。一进门竟然一把抱住了老李，又开始哭。温软的躯体瘫软在老李怀中，若不是一身酒气实在令人作呕，老李说不定也会心猿意马。

“大爷，我，我难过……”苏茜醉醺醺地呢喃着。

“大爷，我老公，我老公……他有老婆，还有孩子。”

“大爷，我其实……没有老公。”

“大爷，我得……我得再找一个老公。”

“大爷，你说他们……怎么都一个德行，只想要我，别的都不想要？”

“大爷，你知道，你知道我会什么吗？”

“我特别……我特别会……让别人喜欢我……”

苏茜这时翻起那双已经毫无神采的蓝色大眼睛，在距离老李面庞极近的位置看着他。老李朝那双眼睛里望去，似乎深不见底，却又空空荡荡。随着眼泪，什么东西从眼睛里掉了出来，再一看，那眼睛又变成了黑色，足足小了一圈，依然空荡，却更显呆滞。

“但是我，我这辈子……就只会这么一件事。”老李把她扶到了沙发上躺平，而苏茜还在喋喋不休。

“我没工作过……一分钱都没赚过……我连停电了都搞不好……我就会一件事，我就会……”

说话间，苏茜迷迷糊糊地伸出手来，竟要去搂老李的脖子。

电光火石间，一道黑影闪过。苏茜一声惊叫，彻底从酒醉里醒了过来，老李也吓得躲到了一侧。只见苏茜的手臂上赫然出现了三道长长的血印，鲜红的血正从里面迅速涌出。

不远处，黑猫威立在沙发的扶手上，利爪出鞘，紧扣在沙发的皮布之中。它龇牙咧嘴地发出着“呲呲”的声音，眼神锋利，尾巴和浑身的毛发都已经竖了起来，像是个奋勇的少年战士，矗立于敌军之前。

那原本熟睡的孩子也被苏茜这一声尖叫吵醒，哇哇大哭。

黑猫转身隐入了电视柜下的角落里，老李与苏茜相对无声，纵有欲言之语，却不知如何开口。

老李把黑猫关进了厨房，再包扎完苏茜的伤口，已经一夜没睡。挨到了天亮又赶紧带她去了医院消毒打针。

如此熬夜对苏茜来说似乎是常事，但老李毕竟七十多岁，体力难支，竟在医院的长椅上抱着孩子睡着了。这一觉睡得沉，隐约觉得其间醒过几次，说了些话，但醒来时竟已经回到了家里，苏茜在一旁抱着孩子，恍惚间竟有种错觉，似乎回到了几十年前。

老李问自己是如何回来的，苏茜说在医院里找了个人给背上车送回来的，到小区了又找了个保安给背回了家，老李连忙再问有没有给人家一些钱，苏茜微微笑了笑，说人家都是好心。

医院那人倒算了，自己小区的保安老李是知道的，从来就不是个热心肠。

老李没再说话，平躺下来，暗自琢磨着什么。

八

思虑成熟后，老李对苏茜提出了一个建议。

“孩子，咱们也熟悉了，你的情况……大爷我也算了解一些。你大爷我没什么钱，也不认识什么厉害的人，自己这辈子混得也就这样了。但你大爷还是有一样本事能教给你的，这本事不算多厉害，但至少你娘俩以后能踏实过日子，安身立命总是没问题的。”

老李拿出一本书来给苏茜，是会计学的基础教材，老李以前在公司带新会计考注册会计师时也客串过讲师，他思来想去，这是他唯一能帮苏茜的事情。

“我看你脑子也算灵活，你跟着我学，两年之内，我包你多会一件事。如果努努力考个注册会计师资格证，那更好，去哪儿都不愁生活。”说起自己的专业，老李连声音也厚重起来，一副自信满满的样子。

“我自己吧，专业上是够了，就是和人相处大概还是木讷了点，到头来也没升上去，这点你比我强，好好学，没问题的。”

“不强求啊，不强求，不过你大爷也就这点本事了，你考虑一下吧。”

老李坦诚的表达让苏茜感到了一种巨大的压力，似乎是在逼着她成长。她对会计的了解和对太阳系小行星带的了解一样，是个彻底的零。但她无力拒绝老李，她这半辈子获得过无数男人的关爱、无数“慷慨”的赠予，但男人的付出总有这样那样的代价，唯独眼前这个老头子所承诺的，似乎与所有的代价都无关。

这一定要长大的压力，是来自爸爸的压力吧？这份心意，就是爸爸的心意吧？苏茜在心底默默想着。她自小没有爸爸，妈妈后来结交的男友更没有一个让她尊敬崇拜的，有一两个甚至还借着滑稽的理由去摸过她的身体。她无人询问如果有爸爸，和他该是怎样的相处，但她迫切地想知道答案，否则不知道要如何回报老李。如果是爸爸的话，我就不用回报了？对吧？至少别人都是这么说的。

老李的儿子以前下过围棋，如果是爸爸的话，我也会下围棋了吧？

每次苏茜来上课之前，老李都会拿超市买来的滚筒把家里的狗毛悉数粘掉，光是这一项工作便要花去将近一个小时。但老李乐得如此，自从儿子一家搬去了远郊，老李家热闹的时候是越来越少。如今猫狗在侧，还常有母子相伴，俨然一副阖家欢乐的样子。

老李对儿子说苏茜是朋友的孩子、自己新收来的徒弟，小李也乐见爸爸老有所为，还专门请苏茜吃了顿饭。倒是儿媳，自从吃了那顿饭，便想着法子阻拦小李在苏茜上课时去看望老李。

苏茜不可谓不用功，但毕竟还有孩子要带，况且一辈子从未涉足职场，学的东西是完全陌生的领域，童年的数学根基也不牢固，使得老李的教学计划进行得十分缓慢。几个月过去了，依然连备抵账户和伴随账户都分不清楚。

“大爷，我是不是太笨了？”这几乎成了苏茜的口头禅。

“你这还叫笨？我像你这时候连应收账款都算不明白呢。”这事情自然没在老李身上发生过，但老李已经穷尽了安慰的言语，索性胡说八道起来。

只是可怜了小花狗，起初被关在卧室，后来被关在外面的花园里，好在它性情温顺，还有黑猫陪伴，倒也没添什么麻烦。

九

这天本来约好了下午上课，苏茜却没有来。

老李隐约感觉到苏茜最近的心不在焉，但他心想，学习总有瓶颈，或许过几天就会好。等到了晚上，苏茜还是没有消息，电话不接，信息也不回。

会不会是苏茜的孩子出事了？老李俨然已经把那孩子当成了自己的另一个孙辈，焦急起来。跑到苏茜家敲门也没人，连门口脚垫下的备用钥匙也消失不见。一问保安才知道，苏茜家已经连续几天有车来搬家具，老李心中出现了不好的预感。

一边打电话，一边又去了附近苏茜常去的超市，自然也是扑了个空。

回到家，小花狗也不见了。

花园篱笆外的灌木上留下了人类穿行的痕迹，小铃铛也掉进了草丛里，老李很快便明白发生了什么，些许安心，些许惆怅。

安心，是因为老李知道苏茜和孩子应该是没事的。而惆怅呢，或许是因为这一幕终于还是出现了，苏茜没能成为老李想要她成为的那个人，或许老李也根本没资格去要求她成为怎样的人。至于苏茜到底干吗去了，老李累了，即便猜得到，也懒得再猜了。

坐在沙发上，黑猫不知从哪个角落里跟了过来，蹭着老李的手，仿佛在安慰他。

黑猫也老了，鼻头的光泽已经渐渐褪去。两个老掉的生命静静相依，这屋子忽然变回了原来的样子，寂静无声。

十

太阳只剩下最后一丝暗淡的光亮时，老李收到了苏茜的信息，短短几句话，倒是情深意切。

“大爷，我搬家了，对不起，辜负了你的好意。”

“我不知道该怎么和你说，只能这么偷偷走了，别怪我。”

“这次这个人，他挺好的。他说他不在意我以前的事情，也不在意我有孩子，会好好养我们的。本来想带他来见见你，让你把把关。”

“‘Susiebaby’撤回了一条消息。”

“大爷，我最近已经没有以前好看了，我要跟他走了。”

“跟屁虫我也带走了，他那边有个大院子，让跟屁虫去那边也挺好。”

“我知道你喜欢跟屁虫，但我临走才发现我没办法离开它，它让我觉得不孤单。”

“谢谢你，大爷，你对我很好，但我没法儿一直这样，我做不到，对不起。苏茜。”

看到最后，老李忽然想起来，苏茜直到离开也从未对自己说过，她的本名其实叫于丽娟。

老李已经很久没再有过这样复杂的心情，像一面陈旧的湖，水老了黏稠起来，涌起波浪时裹挟着泥草。

“小花狗，这没良心的。”老李没来由地啐了一句，黑猫抬起眼皮看了看他，又低头睡去。老李想起苏茜说过，小花狗也是她半路捡来的。仔细想想，这小花狗倒是厉害，跟着苏茜便能与苏茜相依，哪怕她对狗毛过敏，跟着老李也能与老李生活，哪怕之前从未见过。或许小花狗从前也流浪过，抑或跟过别的主人，想必也是有办法讨好，有办法维系。

“到底是她的狗啊。”老李叹道。

但这样的一条小花狗，到底幸福几许？快乐几分？到底获得了它所想要的吗？是否有过哪怕一次快意恩仇的尿？尿在谁家的地板上，放肆妄为。老李不知道，也永远不会知道。或许狗的想法要简单许多，没有人类这么繁复的思虑和烦恼。

至少确定苏茜母子平安，老李长出了一口气。他抱起黑猫来，仔细端详着，黑猫倒也老实，任他摆布。

“你说说你，跟着小花狗进来，跟人面前瞎起哄，这下人家走了，你怎么说？”

“你说啊，你怎么说？你是留下，还是再出去晃荡去？”

老李把通往花园的落地门打开了一条缝隙，把黑猫放在地上，静静看着黑猫。

黑猫走进花园，转过身来坐在地上，抬头看着老李。

“你走不走？你不走我可就给你取个大名了啊！”老李笑着说。

黑猫依然蹲坐在原地，“喵喵”叫着，仿佛催促着老李什么。老李从里屋拿出自己写满了名字的那张纸，一边一个个念出来，一边瞧着黑猫的反应。

黑猫安静地听着，却毫无动静，似乎没有一个名字能唤醒它。

“怎么？你一只土老猫，还嫌这些名字太粗了？”老李不算个文化人，记得当年给儿子起名时也被爱人数度否决，最后还是拜托了报社的朋友才选出几个有内涵还上口的字眼，否则小李这辈子如果真叫了“正刚”“勇强”之流，或许又是另外一番人生。

念及旧事，老李兀自笑了起来。也不知脑子里哪根筋搭错了，对黑猫轻轻喊出了一个名字。

“玉兰？”

黑猫伸长脖子“喵”的一声，缓步走进了房间，伏在了老李的脚面上。

回到书房，老李找出来一封信，是爱人留给他的最后一封信。信里的字迹因为病痛而变得潦草，交代了些后事，说了些感怀的言语，最后的最后，还留下了一行小字。

“解放，我要走了，但你还在，如遇到可陪伴的人，请务必替我珍惜。”

“务必”二字下，画了一道浅浅的横线。

信纸已经泛黄，也不知一同泛黄的还有些什么。

抱着黑猫，老李的眼泪奔涌而出。

深深的皱纹里浸满了泪水，如生命的长河。

图书在版编目（CIP）数据

七个不算太暗的夜晚 / 熊德启著. -- 北京 : 北京时代华文书局, 2021.7
ISBN 978-7-5699-4186-9

Ⅰ. ①七… Ⅱ. ①熊… Ⅲ. ①短篇小说－小说集－中国－当代 Ⅳ. ①I247.7

中国版本图书馆CIP数据核字(2021)第096947号

七个不算太暗的夜晚

QI GE BU SUAN TAI AN DE YEWAN

著　　者｜熊德启

出 版 人｜陈　涛
责任编辑｜田晓辰
执行编辑｜来怡诺
责任校对｜陈冬梅
封面设计｜RECNS 书籍设计 Q3300392723
内文插画｜@星星的插图
版式设计｜段文辉
责任印制｜訾　敬

出版发行｜北京时代华文书局 http://www.bjsdsj.com.cn
北京市东城区安定门外大街138号皇城国际大厦A座8楼
邮编：100011　电话：010-64267120　64267397

印　　刷｜三河市嘉科万达彩色印刷有限公司　电话：0316-3156777
（如发现印装质量问题，请与印刷厂联系调换）

开　　本｜880mm×1230mm　1/32　印　　张｜7.75　字　　数｜156千字
版　　次｜2021年7月第1版　印　　次｜2021年7月第1次印刷
书　　号｜ISBN 978-7-5699-4186-9
定　　价｜49.80元